爱是最好的良药

焦文旗 —— 主编

常朔 —— 副主编

花山文艺出版社

河北·石家庄

图书在版编目（CIP）数据

爱是最好的良药 / 焦文旗，常朔主编. —— 石家庄：
花山文艺出版社，2020.6（2025.1 重印）
（"智慧人生"丛书）
ISBN 978-7-5511-5190-0

Ⅰ. ①爱… Ⅱ. ①焦… ②常… Ⅲ. ①散文集－中国
－当代 Ⅳ. ①I267

中国版本图书馆CIP数据核字 (2020) 第094915号

丛 书 名：**"智慧人生"丛书**
主　　编：焦文旗
副 主 编：常　朔
书　　名：**爱是最好的良药**
　　　　　Ai Shi Zuihao De Liangyao

选题策划：郝建国　王玉晓
责任编辑：王玉晓
责任校对：李　伟
封面设计：新华智品
美术编辑：王爱芹
出版发行：花山文艺出版社（邮政编码：050061）
　　　　　（河北省石家庄市友谊北大街330号）
销售热线：0311-88643299 / 96 / 17
印　　刷：北京一鑫印务有限责任公司
经　　销：新华书店
开　　本：880mm×1230mm　1/32
印　　张：6.25
字　　数：120千字
版　　次：2020年6月第1版
　　　　　2025年1月第5次印刷
书　　号：ISBN 978-7-5511-5190-0
定　　价：39.80元

编 委 会

写在前面

◎ 郝建国

花有千万种，路有万千条。

对自然而言，和风细雨，阴晴冷暖，均为常态；于人生而言，顺境逆境，悲欢离合，亦属习见。

人生是一段持续百年的跋涉，需要不断地汲取营养，增添前行的动力。

在人类漫长的发展史中，无数先哲积累了大量的人生智慧，铸就了许许多多的智慧人生。这些经验，经过传承，由文言文转为白话文，弥散在一个个现代版生活故事中，感染和引领着无数的人，由粗放走向精致，由遗憾走向尽美。

我们认为，智慧的人生才是完美的人生。

为了便于大家在阅读中感知和体味人生智慧，我们编选了这套"智慧人生"丛书。

丛书由《看淡人生悲与喜》《活着，就是最美的风景》《与过去的自己对话》《爱是最好的良药》《和对手做好邻居》《活成一支小夜曲》《相信自己的"奇迹"》《仁爱比聪明更重要》《幸福就是一场雨》共九册构成，从多角度揭示智慧人生的不同侧面，展示智慧人生的多维内涵，寄望身边的每一个人都能活得精彩、活得明白、活得有尊严。

丛书中的文字浅显易懂，故事生动感人，读来畅快淋漓、兴趣盎然、回味隽永。文章作者，虽不乏文坛宿将，然多为普通写作者，他们从身边琐事写起，独抒性灵，讲述对人生的智慧解读。阅读的过程，宛如与故友谈心，丝丝涟漪，轻轻荡漾，如春风化雨，滋润心田。

人生如航行，智慧是灯塔。

祝读者朋友一路顺风，愿智慧之灯无碍长明！

目录

第一部分　握一石而念沧海

第二部分　心明媚，世界才明媚

第三部分　诗与远方皆是寻常

第四部分　繁复至简归于心

第一部分

握一石而念沧海

你不亢不卑，全世界和颜悦色

◎草　予

　　灵魂的高贵，从来都是自己给的。你以世界为重，世界便以你为重。相待人与事，真正的高贵，不是穷达之别，而是你不御人，也不媚人，你不卑不亢，全世界和颜悦色。

　　早出，遇上保洁的妇人。工作服洁净清爽，戴着帽子手套，看得出她尊重自己的工作。专注地清扫电梯，与每一位经过的人短暂问候，总有适当的底气。持续微笑，送别行色匆匆的人们。

　　她就那样不亢不卑地对你，让你对她的工作尊重，且不会贸然对她轻慢。像一个自爱的人，沉稳、安定、惹人爱。

　　浓郁气质的人，是不会去想别人如何看待自己的，也不会炫耀自己所拥有的，因为没有自卑感。认为重要的，不过是自己静静生活，其他，各厢情愿。

　　苏轼曾与石塔长老有过这样的对话：

　　苏说：草草经过这里，只恨没能看见一座石塔！

　　长老说：这不就是座砖塔吗？

　　苏说：是座有缝的塔！

　　长老说：若没有缝，又怎么让人间的蝼蚁安身立足呢？

　　令人高贵的，往往是一个人的气量。涵养天地，便在天地之间有了格局；惜爱万物，便在万物之中显出贵重。

秋日黄昏的公园，阳光难能可贵。奔跑嬉戏的孩子、两情相悦的恋人、执子之手的老人……某个心仪的下午，也不过如此。

孩群正在追赶打闹，经过一个讲着电话的时尚女郎，拿着名牌皮包，踩着高跟鞋。孩子一个踉跄，撞上女郎。众人屏气，女郎弯下身子，拿出手摸一摸孩子的脑袋。

"疼不疼？"一句话，就捧出了女郎的高贵。

孩子摇了摇头，重归打闹的孩群。

之所以认为，自己的人生受到宰割，是感觉到不能高贵。人，是有义务定期清扫自己生命中的垢障的，保持灵魂干净且带有香气。善良、真诚、爱意、责任、坚强都是灵魂的香气，是最浓厚的贵气。

是不亢，是教养，是亲善，是平易待人，让人获得这样的贵气。你一慈眉，全世界善目。

一个人应当争取让自己过得不卑不亢：

生活百千种，看尽众生繁华，还能在自己的时空不动声色地自在云霞；

与人交契，深切与否，都必须获取爱与责任；

经济可以不雄厚，但绝不降低自己对生命的负载；

即便相信两个人在一起，就是一部长篇，也要一字一句地读完，有足够的耐心付诸似水流年；

适当减少欲求，心中贪慕也会保有辽阔的距离，而不至于无路可走；

渴望重复，对无尽的日出日落和绵绵不绝的风霜雪雨欢喜；

不介意一个人的拾荒，去拾捡被世界抖落或丢弃的美好，不断修缮对美好的美学认知，生与死、得与失、轻与重、美与丑、浊与清、初与终，都分别承载美好的分量，对此，已有觉悟……

太平江湖，危险不是敌人操戈，而是自己倒戈。割伤我们的，可能是刀石，也可能是全世界的横眉怒目。雾失楼台，月迷津渡，都是毫无章法和预兆的，我们得以不卑不亢，是容纳，是付诸。不仅仅容纳自己，不仅仅付诸自己，全世界自会和颜悦色，而这样的世界和悦，却不是我们的岸，只是舟，抵达，然后过好此生。

有机会去博鳌镇看博鳌论坛的会址，看完之后时间尚早，有人说可以乘船去玉带滩上看看，对于出生在北方的我来说，这一提议是很有诱惑力的。当我们一行人来到玉带滩时，才发现这只是一条沙带，一面是海水，另一面却是湖水，整条沙带上都是细细的沙子，夹在海水和湖水中间，犹如一条玉带一样，这也许正是玉带滩的由来。

一行人在沙滩上逗留，除了看看海，拍拍照，也无别的事可干。我却无意发现沙滩的沙子中间，有一些零星的小石块儿，我捡起了一小块儿纯黑色的，握在手里，一种独特的绵软和细腻感让我一下子觉得它和平时见到的石头大有不同。为此我就更加细心地留意着沙滩，果然我又找到了一块儿比较大的，也就是现在握在我手里的这块儿石头。尽管它的颜色并不招人喜爱，灰黄中带一些褐色，样子也不招人喜欢，扁平而长，但它是我能找到的最大的一块儿了。

想想也是，无论怎么样的一块儿石头，在大海面前它都是非常渺小的，谁也不知道它经历了多长时间的磨砺，被海水从某个地方，慢慢地边打磨边带到了这个沙滩上，也许它原本就是很大的一块儿石头，经过了不知多少年的打磨，才一点儿一点儿变成了今天的模样。当然，仅有这样的机遇还是不够的，还得有机会被海水带上沙滩，更得有机会和我相遇，又恰好被我发现并捡起来。这样一想，这是一个多么小的概率，也是一个多么不容易的机缘啊！

正因为这样，我才不远千里地一路乘飞机、坐班车把它带了回来。也许在别人的眼里，千里之遥只为了带回一块儿并不值钱的石头，是够傻的了。可我并不这样认为，因为它的身上有大海的味道，有海南的味道和记忆，这就足够了。

握一石而念沧海，如今我把它握在手里，就会想起它的一路漂泊、一路经历，而这其中它到底经历过什么，有着什么样的苦难和痛苦，谁也不知道，但它本身的光滑和温润就已经说明了一切。没有哪一块儿石头天生没有棱角和硬度，但是在经历了那么多之后，它才会变成今天的样子，去掉了浮华和不必要的棱角，丢掉了粗糙和不服气，才会变得更加的细腻和温润，也才会让人更加喜爱。这既有海的力量，也有它自身的屈服和接受，这多么像一个人的一生，在很多时候，人需要的不只是硬度和明显的棱角，更需学会适应和让步，学会接纳与欣赏。

握着这块石头，我内心深处慢慢地宁静、平和了，窗外的雨声也充满了细腻和温润。

等待的滋味

◎郑安之

等待时，仿佛吃一颗杨梅，初入口有令人失望的酸味，又夹杂着丝丝甜意。直到果肉炸碎开，甘甜弥漫了整个口腔，才意识到最初的酸是多么值得。最后轻轻吐出果核，静静回味抑或企盼着下一次的品尝。

等待无疑是一种孤独的幸福。默默伫立在原地，眺望着，思索过去，想象未来。此时的你，不就是一个孤单的灵魂吗？心无杂念，专一又固执地不愿离去，直到另一个灵魂的介入，一瞬间，如沐春风。

仍记得去年的春天，我在阳台的花坛里播种下一粒种子。我不知道它要多久才能开花，甚至不知道它何时才能破土而出。我能做的，就是凝望它头顶的那一片土地，祈祷它快快冒出芽。

不巧的是，那个春天似乎格外多情，时不时向人间泼洒她动人的泪珠，竟连着数天不露一个笑脸，始终淅淅沥沥地下着雨，没有丝毫停歇的势头。本应是春雨润万物，此时却"酿极春愁"，让我分外惆怅。

农人们都说："雨水太多，不利于种子发芽。"我在等待中开始担忧，后悔自己不该那么早将它播种。我不再翘首想象它发芽开花的场景。看来，等待已是徒劳。倘若种子早被泡烂了身躯，傻傻地等待又有什么意义呢？

两天后，父亲突然问起："你上次撒的花种怎么样了？"我一时愕然，转头看了看阴沉着面孔的天空，摇摇头说："我不知道。"我确实不知道它怎样了，但它一直在我内心深处隐隐跃动着。

父亲的话像一根细线，无意间勾出了希望，我忍不住又一次跑向阳台花坛。遗憾的是，种子依旧没动静。我安慰自己，一定是它在扎根，再等一会儿，也许它就会发芽了。即便苦涩糅合着绝望，却也掺进了甜蜜的幻想，使我拥有坚持下去的动力。

看似遥遥无期，日子一天天过去，终于在一个阳光明媚的下午，我的等待有了结果，没错，种子发芽了，嫩绿的细茎钻出了土壤，在醉人的春风里慢慢地招摇舞动。我没有像想象中那样激动得大喊，只是淡淡地看着。莫非一个人的孤独等待，收获的幸福，也只由一个人享受？短短几秒内，我感到了难以言说的快乐，两个从未相逢过却又熟悉无比的灵魂，在风中，在阳光下，碰撞与升华。一抹微笑扯起我的嘴角，踩着我的鼻梁爬上我的眉梢，就连头顶的空气里也蔓延着喜悦的气息。之前的迷茫、失落、绝望一扫而空，被像我埋葬的光秃秃的石头一样，深藏进泥土里，再也不会探出头来。

等待的滋味太复杂了，悲喜交织，笑泪同行。不知道你等待的何时会到来，但是你心甘情愿，不肯轻易放弃。你一个人承受等待过程的痛苦，也一个人品味等到后的幸福，一切发生得那么自然，一切付出也万分值得。

我知道，我的等待还没有结束，我仍愿意一个人站在风里，静候花开。

昨日的光芒不能照亮今天的路

◎王国梁

我曾在当地一家报纸副刊做过一段时间的编辑。

有一位五十多岁的作者，每次投稿都把自己的资料写得非常翔实，他发表过哪些作品，获得过哪些奖，包括他在20世纪80年代发表的散文也罗列其上。

他以前的作品我没看过，看他投来的稿件质量，实在是很难达到我们的上稿要求。我长时间没用他的稿子，他开始发邮件质问我，说他曾经上过大报，怎么连我们这样的小报都上不去，言外之意是说我有眼无珠。

我很想对他说，昨日的光芒不能照亮今天的路。以往的那些闪光的成绩，只是代表过去，并不能向今天证明什么。看他如今的文章，我甚至感觉到他江郎才尽的尴尬。在我们的写作圈子里，这种现象很常见，有些人终日在生活的旋涡中挣扎，写着写着就才思枯竭了。

曾经的辉煌也好，荣耀也罢，都已经是过去式，如果一味抱着不放，只能成为自己的负担。

我很欣赏一个朋友的做法。因为举家南迁，他不得不到异地工作。他在当地工作多年，是行业中的佼佼者，曾取得让人瞩目的成绩。可他去新公司应聘，并没有带着一大堆证明自己成绩的证书，他的简历是名副其实的"简历"，只是简单扼要地介绍了他的工作经历。他对公司负责人说："你可以把我当成职场新人。"

开始的时候，他在公司并不受重视，大家都替他鸣不平，明明可以靠了不起的履历走捷径，却偏偏要靠才华。他也调侃说："才华就跟怀孕一样，日子久了总会被人看出来的。"

果然，他的工作越做越出色，在新公司站稳了脚跟。他的同事说，他刚来的时候，大家被他其貌不扬的外表迷惑了，都没把他放在眼里，没想到他平凡的外表下藏着了不起的智慧。他的成绩，让大家一次次刮目相看，最终叹服。

他说，其实这个世界上，大家真正关心的，不是你的过去，而是现在。敢于把过去的一切清零，是一种勇气，也是一种智慧。

生活中很多人，容易把过去的成绩当成一种资本。久而久之，这种资本成了一种负担或桎梏。过去的成绩，会让你得意忘形，会让你止步不前。

记得我所在的单位的领导曾说过一句话，他说很多单位的老人躺在过去的成绩上睡大觉，多少年了再也没做出过什么成绩。还有的人越混越差，不仅跟别人没法比，比自己的过去也差远了，于是像阿Q一样说"老子当年"如何如何。昨日的光芒算什么呢？什么都不算，那些光芒永远封存在过去，根本无法照店面虽不大，却是整洁朗然。进门右手边摆放着一台旧式的缝纫机，四周摆放了一卷卷花棉布，各色花样都有，中间是一张铺着碎花棉布的桌子。花布店的主人是一位眉眼温柔的中年女子，她坐在桌子后面，两三位顾客随意地倚在桌前，她们说笑着，似乎聊得很开心。

我推门进来，那中年女子并不起身相迎，而是继续着她们的聊天，只以微笑示意我尽可自由自在地挑选花布。我本无心要买布，随意转了一圈，又不舍得立即走，也立在桌前，笑眯眯地听她们闲聊。

原来这花布店有些年头了，是那中年女子的母亲年轻时开的店，她们的家就在后面的胡同里，她从小就是在这花布店中长大的。她的母亲老了，她便接了过来。她说，她自己曾经千山万水走过，到后来最开心的事还是守着这一间小小花布店。最清宁，也最简单。

从花布店出来，走不多远，我又被一家小饭铺吸引。它只卖一样吃食——馄饨。馄饨，有什么稀奇的呢？这家绝对是别有新意，可以把馄饨包出几十种口味来，馅有小包子般大，且皮薄光滑如玉。

小饭铺里整洁光亮，老顾客很多。等待的时候大家谈笑风生，怡然自得。我要了一份荠菜虾仁馄饨，和他们一起慢慢等。

那时，我突然想起曾去观音禅寺上香的事来。从宝殿里出来，不经意地往前一看，看到了大门口里面门楣上的四个黑体字："莫向外求"。默念了几遍，不解其意。可我非常喜欢这几个字，回去后念念不忘，时常会在笔记本上不由自主地写上几遍。

似有灵光闪过，顿时了悟了那几个思而不解的字。一个小小的花布店却可以让走过千山万水的人拥有岁月静好的简单幸福感，看似平凡简单的馄饨却拥有那么多那么深的能力去满足我们被宠坏了的味蕾。莫向外求，殊不知，你本身，你所拥有的潜质就是你的福分。

对面虽是高楼大厦，其实处在背阴处，冷清幽凉。这边的旧房子老胡同，面朝阳光，暖融融的，所以才热闹温情！

外界的高楼大厦固然辉煌巍峨，但我们每个人其实更需要的是一份阳光的心态。莫向外求，求的是自己给自己一颗阳光的心。

开在手上的花

◎潘姝苗

冬天之冷对我来说，简直就像一场灾难。

那寒意似乎是由血管渗入骨髓再透到肌肤的，双手怎么也搓不热，不论是捧一杯热茶捂，还是戴上一双手套护，都不能传递给我些微的温度。这么多年过去，正因为无法奈何手脚生出冻疮，我开始畏惧冬天。

从记事起，一入冬，我的手总会冻到溃烂，严重时不得不缠上纱布。冬天于我，没有适应的顺从，只有决绝到底的冷酷，将我任意摆布。

那些漫天飞雪的日子，透着蛮横的文雅，在我眼里美得可望而不可即。当别的孩子肆无忌惮地在雪地里嬉戏追逐，我却不敢踏足半步，猫着腰，笼着袖，躲在一边瑟瑟发抖地观望。

放学路上，有同学胆子大，在池塘边举石砸冰，把薄冰一片片捞在手里把玩。见他们的手指头一个个冻得胡萝卜一样通红，搓搓以后冒出腾腾的热气，煞是好看。而我只能在一旁羡慕，伸不出自己藏在袖筒里早已冻得麻木的指头。

如今居家生活便利，空调、暖气、电热毯，御寒的物件一应俱全，冻手的人已越来越少，而我仍每年陷入被冻伤的苦恼中。

听说生冻疮是因为第一个"三九"没把手拿出来，遂去求证，母亲说不记得了。

一冬就寝全靠电热毯暖被，睡到半夜，老公时常被我脚丫子冰醒，于是四脚相夹，咬牙切齿，"真不信这邪，就是石头也焐热了。"儿子把我这怕冷归罪于属蛇，说我跟蛇一样冷血，干脆学蛇冬眠去，也好免受被冻伤的苦。

有人推介治疗冻疮的偏方，擦红辣椒水，熬冬青树叶子，涂芝麻花、烤萝卜或生姜汁，甚至要我砸开羊骨取髓、油炸麻雀食肉，等等。我只领情而不愿去试，不太严重时得过且过，到疼时、痒时再没心思去弄这些法子。

偶有一天，忽然发觉手指生出一块红肿，心情立刻沮丧起来。殊不知这冻疮好比种子，一日一日四处蔓延，到最后十个指头几乎无一幸免。

有话说度日如年，这句于我"数三九"最恰当不过。听说北方适宜过冬，虽气温骤冷但空气干燥，又有持续供暖，不像在南方生活，整日与低温硬抗。无奈心动而不能身至，天大地大唯有片瓦，有时候只能拿遥想作安慰罢了。

熟人相见，先问的是手："今年可好些啦，是不是又冻坏了？"作为第二个脸面，手上的冻疮已成为标识我的印记，不甚雅观地凸显出来。

相对于自然，我与草木一样，在冬季里忍受冰雪风霜，历经枯萎和衰败，在春天回来前寻觅温暖，迎接复苏与重生；相对于心灵，我所体会的伤痛，让我懂得了生命的坚忍与顽强，甘愿从一次次肉体的摧残回归复原。

冻疮是岁月的赠礼，在我手上开出了花。我慢慢地懂了，肃杀的冬天也藏着温情，它让我感恩春回大地，如看到那些痛痒的伤口渐渐愈合，随盛开的花儿一起不知所终。

补缀生命的漏洞

◎若　蝶

　　颜红总是静静地坐在轮椅上，只要不是治疗时间，她多半坐在那里，低着头，默默地绣着十字绣。

　　一根线，在她的手中翻飞，穿上插下，渐渐描绘出一小块儿一小块儿精美的图案。每绣一会儿，她会停下来，仔细地端详一会儿，脸上露出满足的笑容，荡着丰收的喜悦。

　　绣十字绣，需要极大的耐心，如果不能让心静下来，是很难用一针一线交织出一幅长篇大作来。我常常见到病人仰望天花板时空洞与无助的眼神，但在颜红的眼睛里，我看到了一朵朵花开，像她手中的那幅《雪印红梅》，一朵朵红梅散发出清冽的香气。

　　颜红是个骨肉瘤患者，我见到她时，她已做了截肢手术。她喜欢穿长及脚踝的长裙，不注意看时，很难发现她的左腿是空的。骨肉瘤是种较凶险的疾病，却偏偏落在了外表柔弱清秀的颜红身上。

　　我不知道当初颜红得知厄运的反应，但我认识她时，感觉她平静得像一汪湖水，泛着清凉的微波。当我心头掀起狂风巨澜时，就转向她的方向，看她不动声色地飞针走线，任光阴在指尖缓缓流淌，将自己带向期待的远方。

有时我呆呆地看着她，暗自思量，也许她也曾伤心绝望过，但渐渐明白，任何的焦虑、挣扎都是没用的，不如沉下心来，做好当下一点一滴的小事，就像用一根针一丝线慢慢编织着一幅远景，其他的不如交给时间吧。

颜红是个离了婚的女子，生病后，她把六岁的女儿给了前夫，陪伴在她身边的是她胖胖的母亲。与颜红的安静相比，颜母却是个喜欢热闹的人，病房里常常听到她的大嗓门，她常为病人提供些力所能及的帮助。

有几天我母亲来医院的时间比较晚，那些日子的清晨，颜母为我带回热气腾腾的米粥，像母亲一样为我拿碗端菜，她肥胖的身体像是个蓄满能量的发热体，靠近的人被无声地罩在温暖里。

颜红绣图的时候，偶尔会抬头和病友聊上几句，她说的最多的一句话是，没事，我们还年轻。是呀，年轻就有冲锋的力量，就有抗争到底的资本。

我问过颜红，她的十字绣图要用在哪里？她告诉我，等治疗结束后，准备开个淘宝网店，在网上做十字绣生意。这样不仅不会让自己闲得慌，还可以赚点儿钱，作为治疗的费用。既美化了别人的生活，还减轻了父母的负担。说这话时，颜红整个脸笑成了一朵春天的花。

颜红常常说她并不是最不幸的人，她还有对自己不离不弃的父母，还有大脑和双手，还有个可爱的女儿，失去了一条腿，只

撷一段慢时光

◎臧玉华

日子再忙碌，总会有一段光阴，是慢下来的。

这段慢下来的时光，我多半会在那里度过——一座异域风情的高高塔楼，矗立在人工湖上，湖便分成东西两部分，相呼应的是岸上两块四季常青的草坪，纵横几条小径。而天空，一边是缓缓下沉的橙色夕阳，一边是迫不及待爬上去的淡白月亮。绿树环绕，草木芬芳，鸟儿常去光顾，狗赖着不想回家，猫干脆在此繁衍生息。

黄昏时，我独自从家出发，沿着红砖小径，步入亲水台。湖里的红锦鲤似乎等了很久，它们听得懂脚步声，张着小嘴，集体朝我涌来，其间还会发生鱼打滚的现象，仿佛是饥荒年代哄抢食品。每每，我总是内疚，内疚又忘了带碾碎的面包或馒头。

塔楼是小区的标志性建筑，底层带有廊棚，廊棚下有位老人在吹笛，面对着湖水，和着旋律，一只脚掌轻点地面，身体便有小幅度的起伏。他的听众不多，那天唯有我；他的听众不少，花鸟虫鱼之外，一个个的窗格子里一定会有侧耳倾听的人。我伫立一旁，趁一曲终了，与他攀谈，老人兴致盎然，从口袋里摸出播放器，上面插着U盘，老人告诉我，给笛子伴奏的就是这个小小老先生那一代人经历了特殊的年代，比寻常人的人生更为波折苦难。他在《草木春秋》里写紫穗槐时讲到，在戴了"右派分子"的帽子以后，曾被发到西山种树。在石多土少的山头，用镢头刨坑。他说实际上是在石头上硬凿出一个一个的树坑来，是个非常重的活。重的程度，用老先生的话说，那真是玩儿了命。

　　不仅如此，一大早就得上山，带两个干馒头，一块大腌萝卜。顿顿如此，身体根本吃不消。他就想办法，就地取材。看到野酸枣熟了，就摘酸枣吃！草里有蝈蝈，就烧蝈蝈吃！"捉半筐蝈蝈，点一把火，把蝈蝈往火里一倒，劈劈剥剥，熟了。咬一口大腌萝卜，嚼半个烧蝈蝈，就馒头，香啊。人不管走到哪一步，总得找点乐子，想一点办法，老是愁眉苦脸的，干吗呢？"

　　老先生说得太好了，人不管走到哪一步，愁眉苦脸管什么用？总得去找点儿乐子，想点儿办法，以欢喜心度过眼前的境况。

握一石而念沧海

◎田治江

　　陇东干旱，时间久了，人心也容易干燥、硬朗，但黄土绵软、深厚，就能有效地削减一切。

　　连日来多雨，习惯了干旱、干燥的人，一下子就烦躁了起来。这雨让人觉得或多或少有些沉闷和压抑，再加上小县城也就那么大，整日里上班下班，从北到南，再从南到北，总感到心不能宁，读不进书，写不出文章，吃不下饭，也睡不好觉，不知道该如何让自己宁静下来。

　　坐在书桌前，烦躁、无奈着，抬眼向对面的书柜望去，本想找一本能读下去的书读读，却发现书柜里放着的那块石头。随即拿来，握在手上，突然就觉得一股绵软温润之力通过手心传递到了内心深处，随之就觉得一下子平静下来，也安静下来了。

　　其实这块石头并不大，只有六七厘米长，两三厘米宽，厚不足两厘米，呈黄褐色。一边明显地缺了一小块儿，但边缘早已被海水打磨得失去了棱角，握在手里光滑而温润。尽管它不是玉，只是一块普通到不能再普通的石头，但却让人觉得很光滑，很温润，也很宁静。

　　这块石头是我从海南博鳌镇的玉带滩上捡回来的。记得那天不过失去了生命的一小部分，照样能支撑起生活。

离异，生了重病，舍了孩子，这个柔弱的女子，该承受了多大的压力与伤痛。有的人只遇到其中一件，就已呼天抢地，然而她没有到处诉说她的不幸，相反认为自己还是幸运的。

当苦难重重叠叠，大概最后隆起的是座沉默的大山，已经坚定到风刀霜剑再也奈何不了。颜红低着头，我在她挥舞的手指和恬静的脸上，看到了沉默的力量。

她正在用一针一线，补缀生命的漏洞。

夜读之缘

◎程中学

今晚，朗朗夜空，月光如泻。窗外，阵阵寒风自北向南。都说，如果你心中牵挂着一个人，必定会念及这个人所在的那座城。此刻，凄凄寒风亦如鸿，触动了谁的情怀？

翻开一本书，目光定格在某一页，看着看着，思绪便如长了翅膀的精灵，满世界飞舞。很自然地，我就想起了另一座城市的那个人。此刻，他是否也在窗前夜读？任皎洁的月光洒在他的窗前，任在夜晚中氤氲那抹温暖的台灯照亮他俊朗的脸庞？

与他相识，颇觉意外。然而令我感动佩服的，是他那孜孜不倦的求学精神。不管生活多么艰辛，不管白天刚刚经历了什么，夜读，已经成为他生活的一部分，就像一日三餐一样不可缺少。

他的读书方法也很独特，一本好书在手，如获至宝，精读细研，认真地做笔记，不懂的地方查字典，对书籍虔诚得就像教徒对他们的信仰。灵感来时，或笔落为文，或泼墨作画，真心实意地汲取着书籍里的营养。这对于一个自小家境贫寒、读到初二就辍学的打工者来说，是件多么不容易而了不起的事。更何况，在这个人心浮躁的社会，每个人都在为了自己的生活疲于奔命，更有一些人一味追求物质生活的富裕而几乎丧失了精神追求，甚至的随身听。

时光是慢的，也是静的，一棵水边的树与我对视良久，它或许是我前世的恋人，要不我怎么那么钟情于水？怎会择水而居，且三面环水？虽然这是一片人工湖，我的目光也会长久地铺满湖面，有时会越过湖面粘在那几所空房子上——阳台封好了，葡萄架搭起来了，移来了一座假山，帘子也挂上了，主人该入场了吧……请允许我好奇和羡慕，允许我开始绵长的遐想。

桂花的香真是缠人，我的脚步不由自主又踏在芳香小径上，我的人、我的心似乎都被花香熏染了，周身暖融融的。这冷秋，竟没有一点哀愁；这现世，该有多好，继而生出欢喜之情——国家安定，小区宁谧，小家其乐融融，没有失业的困扰，没有战争的危机，日子陶然忘情。

我心悠悠，便觉天地也是悠悠。此时，我的脚步是极缓慢的，我怕错过一场叶子与树的告别仪式，我要留意秋虫们关于冬眠的窃窃私语，我似乎听见了两棵橘子树的深深叹息。去年的极寒天气，它们不堪忍受寒冷，看似无生还之机，园丁们果断给它们做了截肢处理，如今，截断的四周早已长出绿叶。犹记去年此时，橘子树挂果期，我和母亲散步，啪嗒，落下一个，啪嗒，又落下一个，母亲高兴得像个孩子，通通将它们捡回家，供了很久。

唯有在这段慢时光里，我的思绪才会漫无边际。我想得很远，我的青春苍白，像贫了血；我也想得很近，想到当日的早晨，收拾屋子、做简易早餐、画一张脸，从卧室到厨房再到盥洗室，我忙碌得像林间跳来跃去的松鼠，而我的一张脸，要像墙绘那样，先铺一层白底子，用笔勾勒眼、唇，再用颜料涂抹，眼睛是眼睛的颜色，嘴唇是嘴唇的颜色。待收拾完毕后，脚步放缓，优雅行于路上，忽见班车疾速驶来，我拼命地跑啊，简直像一只受惊的小鹿。

让时光慢一些，舒缓一些；让心灵接近自然，融于自然。跟着风的方向，品味空气的味道，记得和花儿莞尔，每天，哪怕，只有片刻。

别辜负，也别怠慢了这样的好日子！

以欢喜心过生活

◎卿　闲

任何人的一生都不是一马平川、顺顺当当的。我们需要一些有支撑有力量的闪光的话为自己壮威。有一句话，你一定知道："哭也是一天，笑也是一天，不如笑着过好每一天。"生活就像一朵花，花开花落本是自然。开为天性，落为真纯。若为花的开落，为生活的起伏错落而喜悲翻腾，实然不智。

笑着过好每一天。花落了，明年枝头上又会重新嫣然。

天阴，天风，天雨，那又何妨？明天或后天或者大后天，太阳又从东边升起来了。这是我们老房东的经典名言。

看天气预报，天晴。大清早，把晾衣架拖到房顶上，左等右等，阳光就是迟迟不来。那时正值一件苦恼事困扰于心，总觉自己做什么都不顺遂。晾晒衣物这件微小的事都未能如愿。真应了一句俗语，人在苦闷的时候，喝凉水都会塞牙。

我在楼顶闷闷不乐，对着空气叹息。老房东来了，慢慢悠悠，和我闲话了几句家常。然后对着东方的天空，笑呵呵，爽朗敞亮地宣布了她的阳光理论。随之转身，她慢慢悠悠，一手扶楼梯，一手抚弄鬓边花白的头发，走下楼。

我独自在楼顶，望着密密麻麻的暗淡楼群，想着老房东的话，多日来困惑的心结慢慢解开。太阳总会正常升起，有何不欢喜？

老房东是过苦日子，从苦难中熬过来的人。那些苦和难，她不放在心上。她说日子就是太阳，日子就得欢喜着过，谁见过太阳愁眉苦脸的了，它一出来，就散发着金光。

她一直保持着多年的习惯，秋深了，买来很多芥菜，她说那是疙瘩菜，陪着他们度过了艰苦的日子。她坐在水管旁，一个一个认真洗净削好，腌在楼梯口的一个老缸中。春来，买了新蒜，收拾干净，也腌在楼梯口的老缸中。这些咸菜，她自己吃得不多，拿出来分给左邻右舍，给被宠惯的味蕾佐味。

最重要的不是吃，而是一走上楼梯，便闻得见老缸里散发出来的味道。那味道真好，真馋人，说不清道不明的一股欢喜劲儿直往鼻孔里跑。那是热烈、简单、自足的生活啊！

近来，又读汪曾祺老先生的散文。序文里说他一生得益于"随遇而安，自得其乐"八个字。他的独特之处在于使日常生活审美化，于寻常生活中发现生之欢悦与诗意。这亦是我心中所想，一直喜欢老先生文字的缘由。

老先生说，人活着，就得有点儿兴致。写文章之外，他喜欢画画，画花鸟，画萝卜白菜。他还爱做菜，"到了一个新地方，有人爱逛百货公司，有人爱逛书店，我宁可逛逛菜市，看看生鸡活鸭，新鲜水灵的瓜菜，通红的辣椒，热热闹闹，挨挨挤挤，让人感到一种生之乐趣"。是啊，活着的欢喜和趣味都在热热闹闹中。

亮你今天的路，只能反衬出你现在的愈发黯淡。

　　别抱着过去的成绩不放，昨日的光芒照不亮今天的路。放下一切包袱，努力朝前走去，才能走出自己的一片光明。

留白养心

◎王南海

早些年，是不懂留白的。喜欢热热闹闹的生活，喜欢将画面铺陈得很满，喜欢将时间排得分秒不差，喜欢时刻扮演着"冲锋者"的姿态。

慢慢地，开始喜欢一些美术和书法作品。渐渐地，我从书画上，读出了水墨留白。那些作品中，虚虚实实的笔触间，无画处自有一番山明水阔，烟波浩渺，竟然有些"此处无声胜有声"的妙处，不禁让人拍案叫绝。有人说，这是画者惜墨。其实，画家在三涂两抹间，已然神韵皆出。而未曾着墨之处，给人无限的想象空间，就有些"以无胜有"的意味了。

喜欢流连于江南温婉、别致的园林。似乎每个细节，都独具匠心。一石、一花、一草、一木，看似随意，却那样恰到好处。从每个雕花的窗子望过去，都仿佛一幅精美的山水画卷。这并不意味着，这些美丽的景物设置得越多越好。反而，很多时候，主人很"吝啬"，种一株花，绝不是两株；一枚石，绝不繁杂；一堵白墙为底，几片青瓦为冠，只等你即兴吟诗作画而来。

其实，留白不仅仅局限于美术作品和园林布局，诗文也有言外之意，音乐更有弦外之音，禅家也讲"拈花微笑"。一切美好的感觉，似乎只有细细地感受，慢慢地琢磨，才能品出其真味。

细细想来，人生亦如此。我们不能将生活安排得太满。"于无字处看书，于无声处听音，于无画处观景，于无心处参禅"，乃是大智慧。在越来越繁忙的都市里，人们将"忙"作为了口头禅。忙忙碌碌，脚步都快起来。每天，我们的工作精准到分钟，日复一日，我们很难有时间去问问自己的内心，究竟在追求什么，又是否富足。

于是，我在工作中学会留白。秉承"要事为先"的原则，列出计划，高效率工作，绝不受任何干扰。而且，每天留出一段属于自己的时光，只有这时，才会有"幸福来敲门"。静下来，你会倾听自己内心的声音，心灵也会瞬间变得快乐而柔软。

生活中，删繁就简，享受简单的快乐。我们的奔波，不仅是希望有安稳的物质生活，更追求一种内心的宁静和喜悦。那些多余的物品，不必纷扰我们的生活。一切简单就好。适当地独坐，安静休闲，诗意地生活。休假时，喜欢在田野里走走，面对一朵花、一棵树、一片叶，你都会有所感、有所悟。我们与自然万物融为一体，获得心灵的自由和快乐。

慢慢地，走的地方多了，就对很多事情有了更多的包容和理解。幸福，绝不是单纯以金钱来做衡量与判断的。那些生活简单、宁静、快乐的人，莫不是生活的智者。他们给自己的生活留白，以文学、书法、绘画、音乐、垂钓等滋养身心。"静以养心", 灵魂也需要丰盈的滋养。

　　给自己的心留白, 那是酷暑里的微风, 凉爽而沁人心脾, 也像冬日里的暖阳, 让人产生富足感和幸福感。亦如我们手捧一杯纯正的乌龙桂花茶, 那悠悠的桂花香, 让我们更加恬淡、自如。厚待自己, 颐养身心, 从给自己留白开始。

莫向外求

◎耿艳菊

　　不久前去一个地方见一位朋友，我担心堵车，早早出发了。不想竟一路顺畅，比约定的时间早了两个小时。那地方是我第一次去，有几分新奇，便下了车，决定逛逛。

　　我下车的那条道很有意思，乍看上去宽宽的，车水马龙，与其他大道并无二致，可是你马上就会发现，这道路明明就是一条分界线嘛。路南面高楼大厦，洋气时尚；路北面低矮房屋，古朴老旧。这市中心怎容许有旧房子呢？仔细一看就明白了，原来是故意保留的。

　　大道是东西向的，路北的老房子所形成的一条条南北小胡同，其实是有心被留下来的一种胡同文化。临着街道的外一排是各色小商店、小饭馆。正是中午时分，烟火气浓厚，很是热闹。路南高楼大厦的外围一层也是作为商铺的，看起来金碧辉煌，然门前着实冷清。

　　高楼大厦没什么好看的，大同小异。我过了马路，到对面低低的烟火中去。一抬头，看到了一家店面门楣上的几个字：花布店。也简单，也朴实，也亲切，分明又有着清清淡淡的古意，让人忍不住想进去看看。

丧失了伦理道德，哪还会有闲情逸致静下心来好好读一本书？哪还有舞文弄墨的心劲儿？

我想到了也喜欢"假装"看书的自己。

说是"假装"看书，一点儿也不为过。我所谓的看书，不过是为了充实空虚寂寞的心灵，为了丰富简单木讷的头脑，所看之书，不过都是些迎合大多数人口味的快餐书，看的时候亦是跑马观花般，看完就扔一旁，心里激不起一丝波澜，更别说做笔记抒发感想。与他对比，我感到惭愧至极。看似喜欢读书的我，比起他的勤奋，却不足十分之一。

于是，在我的世界里，因为他的降临，多了一位良师益友，相似的人生经历，使我们有了更多的共同语言。

此刻，翻开他送我的那些字画，鹤骨松姿，翠竹绾流云，刚劲有力的字体，龙飞凤舞尽显洒脱与豪迈。

一种风骨，一种气节，透露出他对生活的隐忍，对梦想坚定执着的追求，对真情谊的珍惜。看着这些倾力之作，有一种感动与温暖，在我心间流淌成河。

从此，有一种自强不息的学习精神，在生活的夹缝中不断壮大；有一种挚友情，在共同奋进的道路上不断深化并延续。尽管，彼此行进的方式各不相同。

记得汤显祖在《牡丹亭》里说："情不知所起，一往而深。"人与人之间的感情是最微妙的，纵有千千万万种，万变不离其宗——真心难得，得之不易，拥有便是幸福。而在纷繁复杂的人世间，我相信有一种人间真情可以跨越时空，超越一切情感，就像伟大的恩格斯与马克思一样。

对于我来说，不管世事如何变迁，夜读缘，挚友情，愿一生相随！

在绝望的深井里遇见惊喜

◎ 梁新英

　　各种花入住家里的缘由不一，杜鹃开起花来疯了似的，像霞光落于阳台，累累的金橘象征着吉祥和好运，绿萝相当于空气净化器。只有一个例外，为舌尖上的味蕾而来——穿心莲。

　　说到莲，自然会想到周敦颐的莲，亭亭出水的样子。虽为莲，但穿心莲与清雅不搭边儿。我是在一次朋友聚会的菜肴上认识的它，它烟火红尘的模样很接地气。

　　在油腻的大鱼大肉前，凉拌穿心莲清新悦目。绿绿的叶子，酸甜的味道须臾间便抓住了人们越来越刁钻的味蕾。

　　见我喜欢，朋友把她家的穿心莲掐下几茎给我，让我将其泡在水里，待长出根须，再移至花盆。

　　有些花移植后总会蔫一阵子，缓一缓才能适应新居。但穿心莲省了这过程，在盆里欢欢实实地生长，像青春少年，每一个细胞都饱胀活力与激情。叶子油亮，绿叶间藏一两朵粉色小花，不多开，只零星地缀着，仿佛怕叶子过于寂寞。

　　朋友提醒我，这时的穿心莲最适合剪下做凉拌菜。只是看着它生机勃勃的样子，怎么舍得剪呢？我便任由它将身子探出花盆，在窗台上肆意泼洒绿意。

没过多久，它的叶子却开始泛黄。我看着着急，更加细心照顾它，却不见起色。黄色不断拓展自己的势力，绿色在后退，只残存在茎的顶部。一点儿可怜的绿疲惫着，让人再无凉拌的食欲。黄叶蔫了，打着卷儿，渐渐枯萎。"花开堪折直须折，莫待无花空折枝"，我后悔没听朋友的话。世间的事多是这样，饱了眼福难享口福，熊掌和鱼岂可兼得！

希望穿心莲再现生动活泼的样子，我狠下心剪掉穿心莲萎靡的茎叶，只留其根。把顶部的茎叶剪下，泡在水里。

起初几天，穿心莲的根极安静，仿佛病人术后处于麻醉状态。花盆里空空的，我的心也空落落的，担心它能否逃过这一劫。或许，它在积攒能量，所有的繁华背后都是忍耐，是执意，是不肯忘却的初心。

一日，忽见从穿心莲的根上冒出两片叶芽儿，那抹绿柔柔弱弱，却极为坚决。新生的嫩叶，绿得鲜亮，婴儿一般好奇地张望着世界。在炼狱里挣扎，只要不被毁灭，就要生长。泡在水中的穿心莲长出须子，栽在另一盆里，竟生龙活虎地开枝散叶。

朋友再次提醒："这回穿心莲长大就掐下来凉拌吧。有些花草，爱它最好的方式就是不断修剪，在疼痛的绝望里它才能生出渴望的心，才能活得漂亮。"

在疼痛的地方开出花朵，就像热带森林的瑞香科树种，受伤后结的痂，竟然可以成为无比珍稀的沉香！这就好比人生，在最深的绝望里，往往可以遇见最美的惊喜。

白饭之魅

◎米丽宏

一餐饭中，饭与菜，何为主？何为次？

在宴席上，饭，一般被称为主食，然而，它总在宴席的尾声，才姗姗上来。那时，美酒肴馔已占据胃肠，饭，往往就成了陪衬。大家，也总象征性地来几口，压个轴。

饭，的确是最养人的东西。一方水土养一方人，大江南北饭不同：南方人吃白米饭，类似于北方人吃馒头面条，也类似于西北高原吃特色面食……一餐一饭，化成人的血肉，供养着人的生命。

旧时好多有传承的人家，吃饭有个规矩：一桌子琳琅佳肴前，先吃三口白饭。长辈一代代教诲：第一口必须先吃饭，而绝不能没吃饭就夹菜。

这个规矩有来历。明朝的一部养生专著《遵生八笺》中说到，一位僧人，吃饭总是先淡吃三口："第一，以知饭之正味。人食多以五味杂之，未有知正味者，若淡食，则本自甘美，初不假外味也。第二，思衣食之从来。第三，思农夫之艰苦。"

我想，三口白饭，是提醒你：食之本，在饭；饭之味，为源。饭味为正味，正味恬淡素朴。一碗白饭的味道，是百味之基。饭之甘，更在百味之上。其甘，是符合自然之道的味，是粮食本身的甘，其美，是得自日月山川的美。

它滋养人身，也颐养人心。

清朝名臣曾国藩的家书，被人称为"中国古代成功学四书"之一，他于同治十年（1871年）十月二十三日写给弟弟："吾见家中后辈体皆虚弱，读书不甚长进，曾以养生六事勖儿辈：一曰饭后千步，一曰将睡洗脚，一曰胸无恼怒，一曰静坐有常，一曰习射有常时（射足以习威仪强筋骨，子弟宜学习），一曰黎明吃白饭一碗不沾点菜。"

这封家书的主题堪称曾氏养生六要，其一便为"黎明吃白饭一碗不沾点菜"。早餐白米饭，不加佐菜，调料也无，只一大碗白花花的米饭吃下去。

乾隆时期书画大家郑板桥，也有一封写给弟弟的家书道："来书言吾儿体质虚弱，读书不耐劳苦……则补救之法，唯有养生与力学并行，庶几身躯可保强健，学问可期长进也。养生之道有五：一、黎明即起，吃白粥一碗，不用粥菜；二、饭后散步，以千步为率；三、默坐有定时，每日于散学后静坐片刻；四、遇事勿恼怒；五、睡后勿思想。"

两人的修身之道，有惊人的相似之处，特别是黎明一碗"白饭"等四则，几欲雷同了。那白米饭，不咸、不甜、不辣、不酸、平淡、质朴、近乎无味，然它化之于天然，最慰肠胃，以活脏腑，调顺血脉，使一身流行冲和，百病不作。而那些膏粱厚味，滋口腹之欲，极滋味之美，穷饮食之乐，虽肌体充腴，容色悦泽，而酷烈之气，内浊脏腑，精神虚矣，安能保全太和？是以，善养生者养内，不善养生者养外。

日餐一顿白饭，坚持下来，或许会渐渐习惯这种素淡口味。由一碗白饭，渐渐引发开去，便可思考社会、思索人生。它打开了内心追求的一条通道。基于"淡"处看世界，人便能拨开障目枝叶，看到阔大森林；便可拨开云雾缭绕，看到生活本质。

为人处世，借着这"淡"的品味，会清醒很多。

所以，古人日餐一碗白饭，自有其深意：它不仅于养生层面裨补于人，于做人的层面，也是一种打开与启迪。在习惯养成的过程中，一碗白饭，会为修炼清美人格、提升人生境界供应源源不断的秘密能量。

识得正味，安于正味，面对光怪陆离的重口味，才会不羡、不贪、不陷。人生之正味，亦在一碗白饭中了。

杨绛先生心底的一个秘密

◎唐宝民

　　杨绛与陈衡哲都是中国现代文坛的著名才女，两人相识于1949年，那时她们都住在上海，彼此相识了之后，都感觉与对方很谈得来，相互之间走动得就密切了。于是，在几个月的时间里，两个人经常在陈衡哲家促膝长谈，像是一对相识多年的老朋友一样。

　　有一天，杨绛又到陈衡哲家去了，恰好那天晚上，陈衡哲的丈夫任鸿隽有事外出应酬，杨绛便陪着陈衡哲一起吃了一顿晚饭。在吃饭的过程中，陈衡哲告诉了杨绛一个秘密，杨绛后来在文章中记述道："我们吃得少，也吃得慢。话倒是谈了很多。谈些什么现在记不起了。有一件事，她欲说又止，又忍不住要说。她问我能不能守秘密。我说能。她想了想，笑着说：'连钱锺书也不告诉，行吗？'我斟酌了一番，说可以。她就告诉了我一件事。"

　　陈衡哲把自己的秘密告诉了杨绛，而杨绛也说到做到，对钱锺书也没有说这件事，接着看杨绛的记述："我回家，锺书正在等我。我说：'陈衡哲今晚告诉我一件事，叫我连你也不告诉，我答应她了。'锺书很好，一句也没问。"

　　陈衡哲告诉杨绛的这个秘密，杨绛没有向任何人透露，真的做到了守口如瓶。2002年的一天，杨绛写了一篇回忆自己与陈衡哲交往的文章，在文章中谈到了这件事，但她依然没有交代这是个什么秘密，只是说："既是秘密，我就埋藏在心里。事隔多年，很自然地由埋没而淡忘了。我记住的，只是她和我对坐吃饭密谈，且谈且笑的情景。"

杨绛真的把这个秘密淡忘了吗？显然是不可能的，你看杨绛九十多岁时写的那些回忆性的散文，能把儿时的一些细节一一记起，说明她有着非常好的记忆力，因此，对陈衡哲当年告诉她的那个秘密，她是不可能忘记的，她在文章中说"淡忘了"，不过是一种说辞而已，而真正的原因，是要继续为陈衡哲保守这个秘密！

陈衡哲向杨绛讲这个秘密的时间，是在1949年，陈衡哲去世于1976年，杨绛提到这件事的那篇文章，写于2002年。也就是说：当杨绛在文章中提到这件事的时候，距离陈衡哲告诉她那个秘密的时间已经过去了五十三年，而陈衡哲也已经去世二十六年了，与那个秘密相关的人员应该都已经不在人世了，如果杨绛在文章中把那个秘密透露出来，从情理上来说也不为过。但杨绛并没有那么做，她依然忠于自己当年对陈衡哲许下的诺言，继续为陈衡哲保守这个秘密。2016年，杨绛去世，那个秘密被她带到了另一个世界里，永远成为秘密了。

"既是秘密，我就埋藏在心里。"杨绛是这样说的，也是这样做的。

刺猬没有亲密的朋友

◎陈亦权

　　前些年，我曾看过这样一则新闻：有个男学生特别会打架，奇怪的是明明是他打别人，但他总是先委屈地哭回家，他的父母总是觉得他被人欺负了，每次都冲到学校里闹事，要见老师，要见同学家长，要老师和同学家长向他们道歉。老师禁不起这样的折腾，就让同学们尽量和这个喜欢打人的同学保持距离，然后这个男同学又委屈地回家告诉家长说老师在班级里孤立他。家长又冲到学校里大闹，指责老师孤立他的孩子，让他的孩子交不到朋友。校长就把这个老师叫到办公室，让老师向这个打人的学生和他的家长道歉。不过老师没有道歉，而是当场写下了辞职信，辞职信上只有这样一句话："我选择维护尊严。"

　　老师辞职了，学生"胜利"了。

　　我不知道这个孩子接下来会成为哪个老师的学生，但我可以肯定的是，这个孩子如果一直这样下去，他的生命里不会有同学的友情，也不会有难忘的师恩，在他的生命里，只会有数不尽的、需要他去战胜的"敌人"。

　　确实有很多人会因为别人的道歉而觉得自己获得了尊严，这种观念其实是由于认知的肤浅而产生的无知。事实上，有太多太多所谓的"对不起"并不是认错，而是人们对粗鄙者的一种息事宁人、避之不及的鄙夷。

一个沿街大骂的泼妇，总以为自己骂赢了整条街，其实不过是整条街的人都不屑去搭理她。对于一双揪着别人不放的手，别人不过是选择用一句"对不起"来摆脱纠缠。

没错，很多的所谓的维护尊严，有时候不过是一种无理的纠缠，而别人的道歉，有时候不过是因为别人不愿多说一句话的嫌弃。

坚持索要道歉的人，有时候是因为做人的原则，有时候则是因为内心的狭隘——内心狭隘的人总以为必须要为了尊严去战胜一切，其实战胜一切的欲望来源于不懂认输的心胸，因为不懂认输而失去友谊或者失去原本可以建立的友谊，则是人生的另一种失败。

最大的悲剧在于，太多太多的人，总是把别人的"不屑搭理"理解成"无计可施的落荒而逃"；太多太多的人，总是把"失去了一段友谊"理解成"赢得了一场胜利"。

老师孤立你，顶多老师去辞职；社会孤立你，你又能让谁来承担？

所以，我经常对我的孩子说："孩子，在和你的伙伴们相处的时候，不要做一只刺猬，刺猬确实可以很好地保护自己，但也永远不会有亲密的朋友。"

人生的补丁

◎谢汝平

　　午后的阳光暖暖照着，有几缕光线穿过窗子，照在母亲身上。母亲坐在桌前缝补衣服，专注而认真，一副恬淡从容的神情。一块颜色并不相同的旧布，是从别的不能再穿的衣服上剪下来的，经过母亲的细心比画，然后剪成所需的形状，再用针和线密密地缝在破洞处。缝补丁也是具有创造性的工作，最起码在母亲看来是这样。她补的是我的裤子，可能在母亲看来，为儿子缝补衣服是很幸福的事情，可以将嘱托、叮咛以及心中的爱缝在补丁里，让我永远处在她的关爱中。尽管只是一个补丁，尽管买不起新衣服，母亲却不愿意草草了事，她希望自己孩子在别人面前呈现出美好的一面，于是母亲细细地缝着补丁，尽量让补丁像花儿一样绽放。母亲补了一条裤腿，然后在另一条裤腿上，缝上同样如花的补丁，这不是防患于未然，却是想让别人看来，这个并不是补丁，而是有意为之的对称的花儿。

　　多年以后，很多年轻人对"补丁"这个词很陌生，他们不知道坏了的衣服还可以缝补后再穿。补丁，更多的时候，只是成了一个电脑术语，是一个修补软件或者系统缺陷的小程序。提到"补丁"，不会想起母亲专注的神情，只会想到打了补丁的软件可以给自己带来更多的便捷。其实，所有补丁的功效都是一样的，都是为了弥补缺陷，起到补救的作用。

　　大到我们居住的地球，因为地震的破坏和洪水的冲刷，因为火山的爆发和沙尘的侵袭，也处处如坏了的衣服。我们不得不用自己的智慧与自然做斗争，用自己的辛劳给地球打补丁。我们疏通河道，我们植树造林，我们治理风沙，我们铺路搭桥，我们给千疮百孔的地球母亲打上最漂亮的补丁，使地球看上去更美。小到社会生活的每个角落，不可避免会有法律的漏洞，有道德的缺失，有人际关系的隔膜，这些就需要法律工作者，需要社会活动家，需要我们每一个人，来给社会也打上补丁。这个补丁可以是一声问候，可以是一个微笑，也可以是一个微不足道的善举，但这些都是时代所需的最美的补丁。

　　俗话说，人无完人，每个人都有或大或小的缺点，缺点并不可怕，只要我们给心灵的缺陷也打上一个补丁，改过自新即可。

味　道

◎南　山

　　十年前，我一位当厨师的朋友在饭店厨房当学徒，师从一位在当地有名的大厨。当时，与他一起学艺的还有三四人。大家都学得很认真，师傅怎么教，徒弟就怎么做。

　　大约一年后，大家感觉学得差不多了，因为师傅做菜的风格、食材的选取、火候的把握、烹饪的流程等都基本熟记于心了。但是，有一件事令大家非常疑惑，几个学徒无论谁来煲汤，味道都明显不如师傅亲手所做，特别是店里的少数熟客只要尝一勺汤，便立即能辨出是师傅做的，还是徒弟做的。

　　开始，大家以为师傅肯定悄悄加入了一些作料，但令人疑惑的是，即使他们像摄像机一样，从第一个动作盯到最后一个，师傅的烹饪方法、流程也与他们完全一样，食材更不用说，因为大家用的是同样的原料。

　　每次大家问师傅为什么会这样，师傅总是笑而不答。被追问急了，师傅就会把大家顶回来，说："我把压箱底儿的东西都教了，我到时喝西北风啊！"听了他这话，大家一哄而笑作罢。

　　如此又过了两三年，当时一块儿当学徒的只剩下两个，其中就有我的朋友，师傅还是那个师傅。有一天，师傅把他俩叫到一起，说："今天晚上我们提前下班，我请你俩吃一顿。"

那天晚上，师傅说出了大家疑惑多年的秘密。师傅说："其实，把汤煲好，我也没有什么秘方，你们都以为我往里面多加了作料，其实根本没有的事儿。"

师傅喝了一小口酒，说："要煲好汤，盐是当家的，盐是主味的。你们都把眼睛盯在我放多少盐上，而总是看不到，每次我放了盐之后，都会把火慢下来。那一会儿，我要么在准备下一步要用的碗勺，要么与大家闲聊一会儿。可惜这个细节你们都没有注意。"他接着说，"盐要入味，需要时间。而这关键的时间，就是刚刚放入的那几分钟。这个时候如果还不停地加底火，不停地翻炒，就会破坏盐的均匀入味，后面无论怎样延长煲汤时间，都无法补救。"

那天晚饭后，没几天师傅就离开了。至今朋友说起此事，都还有些感慨。

每想起此事，我都觉得这位师傅说得好：味道需要的是火候，而且就是最关键时刻的那几分钟。太多的时候，我们总想着用最短的时间、最直的路径达成心中的目标。在此期间，如果有阻碍，走了弯路，遇到了挫折，我们就会怨天尤人，甚至一蹶不振。殊不知，成功历来与困难、阻力、坎坷甚至一次又一次的失败相伴。而这些困难、阻力、坎坷以及失败，就如同汤中之盐，要想让成功的味道醇厚浓郁，时间又是最不可缺少的作料。

第二部分

心明媚，世界才明媚

心大了，大事就小了

◎宋　宋

　　朋友跟我聊起丰子恺，说他诗情画意，我却想起他清新柔软的笔触，丰富细腻的内心，字字珠玑，耐人寻味。我喜欢丰子恺先生的漫画，也喜欢丰子恺先生的小诗，更喜欢丰子恺先生为人处世的魅力。

　　丰子恺先生被称为"现代中国最像艺术家的艺术家"。他的慈悲之心、他的不凡才情、他的朴素情怀，常人难及，堪称一代大师。丰子恺先生曾说："我的心为四事所占据了：天上的神明与星辰，人间的艺术与儿童。"

　　一个人的心中装有"天上的神明与星辰"，这无疑是持有一颗敬畏之心。心有所惧，行有所止。常怀一颗敬畏之心，行事才不会肆无忌惮、为所欲为、偏离轨道。敬畏天地、敬畏神明、敬畏自然、敬畏万物、懂得敬畏的人，行事有自己的底线，最可爱，最值得信任，最值得尊重。

　　"人间的艺术"是对生活之外一种更高层次的精神追求和享受。他在《护生画集》中，倡导爱惜一切禽、兽、鱼、虫，他用简单的线条，勾勒出深远的思想，圈养出一颗慈悲之心，弘一大师的配文更是让人拍案叫绝。

把儿童与神明、星辰、艺术等同，古今中外恐怕也只有丰子恺先生一人吧。先生是一个内心世界干净、温暖、纯粹的人，他敬畏神明，热爱美好，爱艺术，爱孩子。他的笔下，有很多儿童的艺术形象，在他心目中，那些小燕子似的儿女，和神明、星辰、艺术有同等的地位。爱，是他的生活符号，是他艺术创作的活水源头，滋养着生命的丰饶。能爱人，灵感不会枯竭。

丰子恺先生的一生，有童心，有诗意，有情趣；爱画画，爱孩子。他追求朴实平凡有人情味的生活，始终与现实保持着若即若离的距离。无论什么情形之下，他都坚守自己对人生的理解。用他的话说，"他是一个像人的人"，这也是他对恩师弘一大师的最高赞美。

做"一个像人的人"是非常有难度的一件事情，也是丰子恺先生毕生追求的理想。许多人在人生的路上狂奔，走着走着就忘记了初衷，走着走着就忘记了本意，活着活着，就变成了一个自己不认识的人。认妄为真，被欲望驱使左右，被贪婪奴役自苦，以至于离自己越来越远。午夜梦回，邂逅一个模糊不清的人，会惊讶地与之对视：这个人是谁呢？这个人是我吗？这个人怎么会是我呢？细瞅瞅，有点儿熟悉，可是为什么又很陌生呢？

大多数人的初衷与本意都是美好的，可是活着活着就背离了自己的初衷和本意。有时候，并非是我们想要的太多，而是我们太容易被外界所左右。别人都出国了，我们也要出国；别人都买豪宅了，我们也要住大房子；别人家的孩子都考上国外名校了，我们的也要去留学。那个"别人"真是不容易，总是被当成参照物。那个"别人"又太多，左也"别人"，右也"别人"，左顾右盼，最后我们把自己累死在不断扭头看"别人"的路上。

心变得越来越小，事情变得越来越大。生活中的任何事情仿佛都是一座山，都是一道坎，于是纠结了，焦虑了，别说大事拿不起，就连小事也放不下，活得越来越不自在。

有人说，心有多大，世界就有多大。丰子恺先生说："心小了，所有的小事就大了；心大了，所有的大事都小了。"

一个人的心量大小跟什么有关？自然是跟眼界、气度、学识、修养有关，跟一个人的阅历有关。心量大小，决定了人生苦乐。心量越大，快乐越多；心量越小，烦恼越重。心就像一个容器，盛载着很多东西，有的人能装下慈、悲、喜、舍，装得下宇宙万物；有的人却只能装下小我、自己，小如微尘。

不若把心量变大，好好生活，让心的光芒不仅仅照射到自己，也照射到别人。走好人生每一步路，吃好生活中的每一顿饭，说好每一句话，踏踏实实过好每一天。

恰 好

◎王吴军

　　其实，只是因为一件极为寻常的事情，我的心中竟然有着说不出来的无限欣喜。

　　那是在前几日，无意间闲逛的时候，竟然在一个旧书摊上发现了我心仪已久的几本旧书。于是，毫不犹豫地买下了这几本旧书，回到家里慢慢翻阅，顿觉心情舒畅。

　　这几本旧书一律都是朴朴素素的模样，书页上弥漫着在旧日时光里沉积下来的特有的古老味道。翻阅一遍之后，我把这几本旧书搁在通风处放了几天，然后，又拿出来细细翻阅，随着一页一页地翻开，再次感到书页中原有的旧味缓缓地散溢出来，有些沉静，有些厚重，还有些淡淡的烟尘之味，很是惬意。

　　这几本旧书，一本是清朝赵翼写的《檐曝杂记》，一本是清朝赵一清写的《三国志注补》，一本是明朝的文人笔记，还有一本是民国时期的一位文人写的读书札记。虽然是旧书，却都留下了或深或浅的旧日时光的文字印迹。

　　我买回来这些旧书后，并不急于一下子读完，只是在闲暇时便随手翻上两页，看那字里行间的墨色中古意盎然的记述，读上几行，已深深感到这一行行的文字实在是美，美得耐人寻味。

有的时候，我在书里见着自己喜欢的字，比如"凝""清""碧""幽"等，便会凝视很久，然后用手指在桌面上默默地写，一笔，一画，写得足够用心，似是要赋予这些字清朗的风骨以及飘逸不羁的傲气。然而，我平日从未刻意去习字，只知道在兴致来时随性地铺纸、蘸墨，草草写上一通，随后看着自己写的字微微一笑。我并不知道意在笔先的讲究，也没有刻意去比着字帖把每个字都写得十分相像。

忘记了是在哪一日，我在翻阅一本线装古籍的时候，看到了一段有意思的论述，说的是古人曾经说，若是文章写到极处，无有他奇，只是恰好。

读到此处，我便情不自禁地痴想起来。其实，我觉得不仅仅是写文章、写字、绘画，世间任何事的极处也都是恰好，恰好就是人间佳境的另一种表达。

想到这里，心中忽然一惊，不曾想到，写文章与书法、绘画以及世间任何事情竟然也有着奇妙的共通之处，不求奇绝，只要恰好，便是步入了佳境。

世间的一切，若是恰好融洽、恰好深远、恰好情思隽永而绵长，那么，即使是平淡的事物，也会一下子美妙了起来。

反观我平素在求知上的所为，学写文章已经好几年了，现在想想，大多都是为了写作而写作，写的时候，只顾着自己笔墨酣畅地在纸上尽情抒情，竟然没有去认真了悟，其实，写文章时，情感的质朴恰如素色衣衫的美人，向来恰好的都是那份自然，无须多加修饰，如此才是恰好，才是真的美。

是的，不论是写文章还是做别的事，无有他奇，只需恰好。

恰好。一切，就是如此。

若是过分雕琢，则显得刻意。若是一味简单，则又显得寡淡无味。如此，便不是恰好了。

恰好，是不早不晚，如春来花开，正是恰当的时候，于是香气沁人心脾，花朵自有曼妙的风情。

恰好，是不疾不徐，如秋至月圆，正是最佳的时节，于是婵娟盈盈在天，月华正是动人时。

恰好，是不骄不躁，如夏夜清风，微微吹拂之中，有着最为怡人的清爽气息，令人心生愉悦，妙处漫卷而来。

恰好，是不卑不亢，如冬日飘雪，轻轻洒落之间，有着轻盈美丽的姿态，凝视这冬日洁白的精灵，恰似欣赏一幅山水画，远远近近都是诗。

恰好，恰当、妥帖、安然、生动。

恰好，就是增之一分则太长，减之一分则太短。

这个世上，唯有"恰好"二字，才是真的恰好，才最为难得，才是令人向往的人间佳境，如杂花生树的江南春日，如青山绿水的山野风情，近观，远眺，都是那么恰如其分，都是那么美不胜收。

这一生，且让一切都恰好。若是如此，人生就如清风明月，即使宁静，也自是佳境如画。

回家陪陪我自己

◎陈晓辉

　　好朋友的老公要出差一个月，孩子住校，我想她一个人在家肯定很寂寞，下班后请她吃饭，吃完饭在我家玩儿。她狡黠一笑："谁说只有我一个？"我大惊，她捶我一拳，"我要回家陪陪我自己。"

　　自己陪自己？

　　"对。"朋友说，"平时我们都太忙了，上班不用说，下班还有各种事儿操心。应酬的饭局上，我们扮演各种角色；孩子面前，我们需要努力做个好家长；配偶面前，我们需要尽力做好对方的另一半；父母面前，我们要认真做孝顺懂事的好孩子；还有友谊深厚的和不怎么深厚的老同学，能谈得来的朋友和朋友圈里的点赞之交……我是母亲，我是女儿，我是妻子，我是朋友，我是同事，唯独忘了，我是我自己。"

　　"所以，我想回家安静地陪陪我自己，你明白了吧？"朋友静静地望着我，眼睛里好像藏着一只想唱歌的小鸟。

　　是啊，我有多久没有好好陪陪自己了？

　　我有所爱的家人，我有一些很好的朋友，我有一份我愿意为之努力的工作，我很愿意陪着他们，我很享受和家人在一起的美好时光，也很享受工作带给我的辛苦和乐趣，但有时候，我也需要陪陪我自己。

孩子两三岁的时候，有一些事情搅得我心神疲惫，回到家，孩子又闹腾得厉害。凌晨两点多，孩子在熬尽了我的耐心之后，终于渐渐睡去。孩子睡了，树睡了，风睡了，满屋子的家具睡了，夜也睡了，好像唯独我被这个世界抛弃了。我忽然觉得，生活有什么意思呢？

这时候，从我的脑子里走出另一个自己，对我说："是的，生活有时候很没意思。可是，你知道，就像花偶尔才开，月并不常圆，陆地不是一马平川，生活有甜蜜的时刻，但更多的，是艰辛和素淡。或许，这，才是生活的常态。"

感谢那个自己，陪我度过了一个难挨的夜晚。现在，我多想对那时候的自己说，谢谢你陪我。

高兴的时候，另一个自己警告我不要太得意，要懂得收敛；生气的时候，另一个自己规劝我不要太计较，要懂得放宽；悲伤的时候，另一个自己安慰我不要掉眼泪，要懂得快乐；畏惧的时候，另一个自己鼓励我不要退缩，要学会勇敢……

原来另一个自己一直在默默地陪着我，但忙忙碌碌轻飘浮躁的我，渐渐和自己走散了，渐渐忘了，自己还有另一个本真的内心。

有一次，在拥挤的公交车上，我前面的年轻人不知道为什么，原本疲累的脸上，忽然绽放出了一个轻快的笑容；还有一次，在菜市场，我看到一位中年妇女提着一兜菜，眼角已经有了细纹的眼睛里，忽然掠过一丝喜悦的光；还有一次，在喧闹的医院大楼，我看到年轻的小护士，在长长幽暗的走廊里，忽然踩着菱形的地砖，一路跳着芭蕾舞步舞向另一端明亮的尽头；还有一次，在街心小公园里，我看到白发的老人坐在长凳上，忽然挥起胳膊握着拳头做了一个奋斗的动作……

我想，也许我们每个人都有一个真实的自己在陪着我们。在我们被辛苦奴役的时候、对生活厌倦的时候、被病痛包围的时候、被时光抛弃的时候，另一个自己就会站出来，给我们珍贵的笑容和勇气。

但是，尘世喧嚣，我们渐渐变得冷漠犹疑、虚假软弱，在命运的道路上，和内心真实的那个自己渐行渐远。所以，还是多回家陪陪自己，和自己谈谈心，别让他离开。毕竟，有自己陪着，在人生路上，会走出更温暖的风景。

幸福是窗外的一把米

◎缪菊仙

幸福是什么？幸福是一种心灵的感觉，幸福常常是小小的、朦胧的，幸福总是藏在每个如常的日子里，在不经意间缓缓流淌，轻轻荡漾。

我喜欢早起，早早地起床，一天的光阴就是完整的。早起并非因为"一日之计在于晨"的紧迫感，而是内心可以更从容地开始一天的生活。记得梭罗说过，每一个早晨，都是一个愉快的邀请。几年前，搬家至远离闹市的宁静小区，绿树成荫的优美环境让这儿成了鸟的幸福家园。每个清晨，鸟儿细细碎碎又清澈如山泉水般的声音唤醒我的耳朵，我在晨曦微露中接受这份愉快的邀请。起初时，静静躺在床上听几分钟鸟儿的晨唱是每天的必修课，有轻声呢喃的，细密绵长；有唧唧啾啾的，如稚语童音；有清脆嘹亮的，呼朋引伴。这边过去一声，间隔两三秒，另一边又和一声，声音细细长长，最妙不可言的是那丝婉转又干净的尾音，似乎干净利落，又似乎情意绵长。我常常在鸟儿的歌声中揣摩它们清晨聚会的模样，它们一边恬静梳着羽毛，一边交流前一天遇到的新鲜事，道道张家长李家短：什么去年被锯了枝的柑橘树今春长新叶，模样像秃头的"小瘪三"，妙源溪边那位多情的青蛙王子又新换了恋人……它们是喜悦的，每一天都是一个新的开始，对每一天都充满信心和希望，即便是雨天，也能衔着雨丝欢快地歌唱。

每天，我在这愉快的声音中起床，下楼为家人准备早餐。窗外的樟树上有成群的鸟雀跳跃、追逐嬉戏，大多是叫不出名的小山雀。常在我窗外活动的一对鹧鸪引起我的注意，它们总是情比鸳鸯，出双入对，好像从不在樟树上逗留，要么停在对面的屋檐下"整妆"，要么在我窗外的草地上专心找寻食物，那默契有加的样子让人想起琴瑟和谐、鸾凤和鸣。也就在那一刻，我有了收鸟雀为宠物的想法，从此，每天清晨的窗外一把米，就成了我单方面的执念——它们是我养在天空的宠物。

每日清晨做早餐的间隙，总不忘在厨房窗外撒一把米，那是我与鸟儿的清晨之约。而后，隔着玻璃窗静静看它们怡然自得地来觅食，有灰头土脸的小山雀，拖着长尾的斑鸠，出双入对的鹧鸪……山雀来时成群，警觉性高，一片飘零的落叶也能让其惊恐，一掠而走。唯有这对鹧鸪，像一对甜蜜的恋人，每日光临我的窗外。初始，雄的放哨，雌的亦步亦趋踱向我撒有米的草地，边啄食边抬头观望，而后换之。日子久了，戒备少了，双双一低头一翘尾，边觅食边嬉戏，情意浓浓。更为可贵的是这对鹧鸪的知足和知止，它们从未一次将我撒的米吃光，每次总留下部分与后来的其他鸟雀享用。这或许是鹧鸪谨小慎微的天性使然，或许是它们真懂"知足不辱，知止不殆，可以长久"的天道。

日子一久，我与窗外的鹧鸪默契渐深。每日清晨，当我的目光透过香樟斑驳的树影跃上对面的屋檐，总能看到鹧鸪温和的眼神，它们安静地看着我，一脸期许，满眼信任。我用目光轻抚它们的双羽，似乎能感受到那微微的颤动。在一日日的目光鼓励下，在一日日充满善意的一把米里，这对鹧鸪认下我这位朋友。间或，它们会跳到窗台上，静静盯着厨房里忙碌的我；偶尔，我在阳台洗衣，一转身，鹧鸪在身后台板上梳羽，那一刻，心甘如饴，温暖如春。

　　清晨一把米，自由的鸟儿是我内心的宠物，但我不是它们的主人，只享受它们觅食的满足和沉静。《道德经》开篇就说"常无欲以观其妙，常有欲以观其徼"。清晨时光，我以无欲之心观自然万物之妙，幸福就是窗外的一把米。

长寿的境界

◎付秀宏

一个人长寿的样子，是由对生活对世事温柔的心态所造就。

杨绛先生喜欢在清净的氛围中陶冶自己高贵的灵魂。她凡事从不恶意揣度人，不以私利伤害他人，忍让、从容、不诋毁、不妄自菲薄，这是优雅、博学的她的长寿之源。

性情如兰，守静中有气韵；谨言慎行，平凡中有豁达。在大自然和人际交往中提升自己，这是长寿的根基。长寿的人很少任性而为，他们的性情里有一个"暖"字，他们的眼眸里有一个"谦"字，因为读的书多了，看的世界多了，他们的心宽了。

长寿的人未必事事顺遂，但他们心境平淡，微笑间走过坎坷与荣光。杨绛先生曾在百岁之际表示："我已经走到了人生的边缘，我无法确知自己还能往前走多远，寿命是不由自主的，但我很清楚我快'回家'了。我得洗净这一百年沾染的污秽回家，我没有'登泰山而小天下'之感，只在自己的小天地里过着平静的生活。细想至此，我心静如水，我该平和地迎接每一天，准备回家。"

不以长寿为喜，静谧安详地活着，杨绛先生的这种温柔——是从心而出的。一个人性情上的躁气与粗糙，是内心虚妄与脆弱的表现。要想做到内心淡定，每日的超常守静非常重要。曾有一位长寿老者说："对不相干的人愤怒，不会好好说话，表达很急，是一个人缺少教养的表现；如果一个人对外人言辞讲究，对家里人、亲近的人却出言放肆，这也是修为不及心底的体现。"

一个人不如意的时候，还能和颜悦色，是长寿路上最佳修为课。杨绛先生说，要锻炼自己成为一个能容事的人，必定吃苦受累，百不称心；一个人只有经过锻炼，方会有修为，修为的增长还需锻炼一直持续下去。

当年，杨绛被"红卫兵"揪斗，瘦弱的身体被整得苦不堪言，甚至被强行剃了阴阳头，而她泰然应对，连夜做了假发套，第二天照常上街买菜。当时，分给她的任务是打扫厕所，结果女厕所被她整理得焕然一新，毫无污渍，令大家大吃一惊。同事回忆说，当时根本看不出她有任何忧郁或悲愤，每天总是笑嘻嘻的，像没有发生任何事一样。在这样极不公平的待遇下，杨绛先生静悄悄地完成了鸿篇译著《堂吉诃德》。

太阳升起，我与太阳同步；乌云在空，心中尚有温热。这种很少被外界激怒的性格，如果成为一个人的生活常态，那么他就极可能成为一个长寿的人。时时刻刻都想着活得温柔一点儿，优雅一点儿，让心跳动得更有韵律感。这便是你送给自己的"寿"。

长寿是不管外面的风是冷的热的，自己的心始终是温柔的。即使生活对你不公平，也会愉快地领受。只要生命还在，便有淡定的眉眼，这样什么也打不垮你。如果你越来越冷漠，自以为冷峻、成熟了，其实已远离了长寿的根基。无论男人女人，年岁越大，越应变得温柔一些。生活中有一种傻傻的温柔，这种人天生具有长寿的基因，他们在认清生活真相之后，依旧用自己傻傻的温柔去热爱生活。这种长寿的境界，是心境如兰、无为而寿的"福田花雨"。

一根蜡烛的光亮

◎周　礼

　　那年，英国作家雪尔·罗伯斯的心情十分抑郁，眼见德国纳粹党的军队一步步逼近，一座接一座的城市相继沦陷，一个接一个的亲人和同胞相继在战争中死去，而他却无能为力，并且创作也走入了死角。他感到前所未有的失落和迷茫，就像一只孤独的小船漂浮在汹涌澎湃的大海上，看不到一点儿希望，也不知道未来的路在何方。

　　一天，雪尔·罗伯斯去墓地祭拜一位亡友。天空阴沉沉的，还下着毛毛细雨，一如他哀伤的心情。来到墓地，雪尔·罗伯斯向亡友献上了鲜花，深深地鞠了一躬，然后沉痛地缅怀了一阵。就在他准备起身离去时，无意中发现旁边多了一个新墓，墓碑上没有名字，只有一句奇特而温暖的话："全世界的黑暗，也不能使一根蜡烛失去光辉。"

　　雪尔·罗伯斯情不自禁地念了一遍又一遍，他心中的阴霾一扫而空，变得豁然开朗，仿佛又看到了希望。这真是一句鼓舞人心的格言。雪尔·罗伯斯猜想，葬在墓地里的不是一位伟大的哲学家，就是一位了不起的诗人，一定得好好研读一番他的作品。

　　回到家后，雪尔·罗伯斯迫不及待地查找着这句话的出处，可是他翻阅了家里所有的书，也没有找到这句话的主人是谁。接着，他又跑到图书馆去查阅了相关典籍，依然一无所获。无奈之下，他只好再次来到墓地，向公墓的管理人员打听这座墓的主人。

墓地的管理人员告诉他说，埋在这儿的不是什么哲学家，也不是什么诗人，而是一个年仅十岁的小孩，他不久前在德国的一次空袭中不幸遇难了。小孩的母亲伤心欲绝，恨透了那些残暴的法西斯分子，虽然她只是一个手无缚鸡之力的弱女子，但她知道自己必须做点儿什么。为了激励更多的人加入反法西斯的战斗中去，也为了让活着的人勇敢地生活下去，她忍着巨大的悲伤，在墓碑上留下了这句话。她只想告诉人们，永远也不要失去生活的信念，哪怕世界一片黑暗。

这件事对雪尔·罗伯斯的心灵震撼很大，随后他收起悲痛的心绪，全身心地投入到写作中去，他决心要做那根蜡烛，用微弱的光芒点亮人们心中的黑暗。不久，雪尔·罗伯斯就写出了一篇振奋人心的文章，这篇文章迅速在英国传播开来，成为人们心中的一盏明灯，鼓舞着一批又一批的英国青年。

"全世界的黑暗，也不能使一根蜡烛失去光辉。"这是一条多么朴实的人生哲理啊！马丁·路德·金曾说："这个世界上，没有人能够使你倒下，如果你自己的信念还站立着的话。"无论你的处境有多么糟糕，也无论你遭受了多么沉重的打击，你要始终坚信，黑暗是不能掩盖光明的，只要你心中那根蜡烛还亮着，你就不会倒下，你就有机会重新来过。

心明媚，世界才明媚

◎韩　青

　　有个故事说，一个人总是向朋友抱怨：对面住的太太的衣服永远洗不干净，晾晒的衣服上总是斑斑点点。有位细心朋友来访时发现，不是人家衣服没洗干净，而是抱怨者自家窗户上有块灰渍。朋友擦掉灰渍后说："你看，这不就干净了吗？"

　　在这个世界上，很多问题不是出在别人那里，而是出在自己身上。我们常常议论、指责别人的不好，而事实上，往往不是别人不好，而是自己的心里早已装了一些不好的评价标准。据说，苏轼的妹妹说过，心中有鲜花，看什么都是鲜花；心中有牛粪，看什么都是牛粪。这个理儿，我信。

　　一旦遇到了问题、麻烦，人们往往喜欢从别人那里找答案。也许，这是人的一个劣根性。古人说的"以小人之心度君子之腹"，就凸显了这个劣根性。可是，这样的行径，往往会伤及一些无辜者。生活中，常见付出了好心，不但没有得到好的回报，反而遭到了误解。而这，就是因为一些人不明白对方的好意而误解了对方。

　　北宋著名理学家邵雍就经历过这样的事情。有一次，他在山中行走，渴了，便向一个农妇讨水喝，那农妇就舀了瓢水递给他，还拿了一把干草放到瓢里。见农妇这样做，他很生气，同时觉得受到了极大的侮辱，但是由于当时渴得厉害，他还是忍了忍，边吹着干草边把水喝了下去。之后他问道："你为什么这样刻薄，给瓢水还要加把干草？"农妇笑着答道："你气喘吁吁，一定特别渴。大口喝凉水，容易呛坏身子，往水里加把干草是为了让你慢慢喝水。"听完，他泪流满面，同时为他对农妇的误解而深深自责。

邵雍之所以把农妇的善良误认为是刻薄，是因为他的心里存有偏见。由此可知，不管你是大学问家还是平民百姓，都要检查一下自己的心灵，是不是有了灰尘、阴暗、邪恶等杂质。一旦有了，并且你还没有注意到它们的存在或尚未将其清除掉，那么你的视野里、心上就会多了些不美观的景色。而事实上，你的视野里和心上原本是清净而美好的。心变了，所以，景色就不同了。

照这个理说，世上很多的问题、麻烦、痛苦，都是自找的。冯梦龙在《古今谭概》中讲过这样一个故事：太原有个人叫郭林宗，因为家里的庭院里有一棵树，便总是疑神疑鬼，每次遇到不顺心的事情时，他就觉得跟这棵树有关，后来，他决定要砍掉它，而他的朋友徐孺子听说后劝阻他说："这么好的树，为什么要砍掉它呢？"郭林宗说："建造住宅的庭院，就像正方的'口'字，口中有木，成了'困'字，这是不祥之兆。"徐孺子说："照你这样讲，院中有人，不就是'囚'字吗？'囚'字更不祥啊。"郭林宗听后，哑口无言。

所以，很多的问题、麻烦、痛苦，都是自己酿成的。从自己身上找原因、解决问题才是正道。用哲学上的话说，自己才是内因。同时，也不要抱怨自己所处的环境花不香、山不青、水不秀、天不蓝，要知道，境由心生，什么样的心境创造什么样的环境，心明媚了，世界才明媚。

文明是灵魂的对视和自省

◎马　德

　　自己排队的时候，希望所有的人都排队；自己插队的时候，又希望别人能睁一只眼闭一只眼；自己是君子，希望所有人是君子；自己是小人，还希望所有人是君子——这样好放过自己。遵守和打破，就像是人性的两面，不是左右手互搏，而是左右手彼此妥协和投机。

　　对他人铁面无私，对自己网开一面，人的自私就在于此。在责人和责己方面，严重不对等的逻辑本身，体现的就是这种自私的聪明以及聪明的自私。

　　在人类秩序的维护上，教化起着很重要的作用。当每个人都明白，守规则首先是一种文明，其次是一种教养的时候，教化的影响是深入灵魂的。

　　更多的时候，是教化照亮了人类精神的天空。或者，退一步说，它成了灵魂的衣裳，即用遮羞和取暖来使之高于动物性，也用智慧和文明来彰显其高贵。

　　凡是教化不能抵达的地方，都叫蛮荒之地，这跟那儿是贫民窟还是高档社区都毫无关系。一个人，如果粗野、鄙陋，无论是否接受过高等教育，都属于野蛮人。

说到底，文明是灵魂的对视和自省。

一般说来，有羞耻感的人，在自我管理上，易于恪守本分，是其是，非其非，爱憎鲜明。毕竟，羞耻感是道德的底线。人一旦突破了羞耻感，不守规矩时自己没有感受，作恶时又不在乎别人的感受。前者是对公序的挑战，后者是对良知的颠覆。一个人，公序和良知都无所顾忌了，便只会走向卑鄙。

还有一类人，在强权下，装得低眉顺眼，各种温良恭俭让，但一旦自己出了头，或有人让他出了头，则迅速成为刁民。这时候，他们比强权者还要变本加厉，骑在他人头上，作威作福。

人性是狡黠的。有些人云山雾罩，难以彻底看透其本质。所以，羊群里，一只羊突然变成狼，也并不稀奇，不是它潜伏得太深，而是人性实在深不可测。

对于冥顽不化的人，专制和暴力是有效的手段，但以暴易暴带来的改变，只会是表面的服从和浅层次的收敛，而且这样，很容易让他们将自身的奸邪隐藏得更深。所以，照见自我的污浊，比用暴力将其打入污浊，更容易给灵魂以引领。

伟大的信仰给予人的，就是这样一场精神的洗礼，并最终引领人走向简单和澄澈。信仰的强大之处还在于，它所形成的自觉是彻底的，是自内而外的。这种统一性，建构在对人性诡诈的有效束缚上。

事实上，只有安妥了人性的恶，善美才会自然释放，一切规矩的领受才会水到渠成。

快乐是一枚青果

◎李光乾

《六度集经》里有个故事说：有个叫察微的国王喜欢微服私访，一次，他问补鞋的老头："天下的人谁最快乐？"老头说："当然是国王了。""为什么呢？""因为有百官朝拜，万民供奉，宫女伺候，想要什么就得到什么。"国王说："未必像你说的那样吧。"然后便请老头喝酒，老头醉得不省人事，国王便让人将老头抬进宫中，让他穿上国王的衣服，让大臣们向老头奏事。

老头酒醒后，百官便要他处理政事。老头手足无措，张口结舌，于是，史官记下他的过失，大臣们提出一大堆意见。老头如坐针毡，愁肠百结，王后见老头闷闷不乐，便请他喝酒。老头又醉得不省人事，国王又命人将他送回家中。

几天后，国王去看补鞋的老头。老头知道了他是国王，说："上次与你喝得大醉，我梦见自己做了国王，因处事不当，史官记下我的过失，大臣批评我的过错，百官嘲笑我无能，弄得我寝食不安，看来，国王也不是最快乐的人啊！"

有道是"事非经过不知难"，生活中像鞋匠一样，觉得别人快乐自己痛苦的人很多。我们都以为住高楼很快乐，然而当我们住上高楼后，却为上楼下楼发愁；我们以为别人炒股赚钱很快乐，当我们炒股后却赔了夫人又折兵；我们见别人唱歌演戏很快乐，当我们唱歌演戏时却累得口干舌燥；我们见别人游泳很快乐，当我们游泳时却差点送了命……许多看着别人是快乐的事，自己做起来不一定都快乐。我们忘了，在快乐的外表下，每个人的痛苦忧伤、挫折失败，都可写成一本厚厚的书。

因此，我们不必羡慕他人的快乐，而是要找到自己的快乐。只要做生活的有心人，快乐俯拾即是。清早起来练拳跑步，有健身之乐；接送孩子上学读书，有天伦之乐；寻幽探胜，有发现之乐；读书看报，有求知之乐；谈古论今，有聊天之乐；著书立说，有写作之乐。然而我们却感叹乐少苦多，什么原因呢？

原来，苦与乐是矛盾的统一体，是生活这面镜子的正反两面。人生便是先苦后乐，我们只有先经历养儿育女的艰辛，才能享受儿孙绕膝的快乐；只有先经过创业的挫折失败，才能享受成功的喜悦。不经一番寒霜苦，哪得梅花放清香？快乐是一枚青果，酸涩之后才是沁人心脾的甜蜜。有的人怕苦怕累，刚尝到生活的酸味、涩味便叫苦不迭，连忙放弃，自然享受不到生活的种种乐趣了。

人生的过程就是追求快乐幸福的过程，但快乐幸福无法量化，也没有统一标准，它是一种感觉，因人而异。对失学儿童来说，重返校园，就是快乐幸福；对孩子被拐卖的父母来说，找到孩子便是快乐幸福；对空巢老人来说，儿女常回家看看就是快乐幸福；对下岗工人来说，重新获得一份工作，就是快乐幸福；对农民工来说，在城里安家落户，就是快乐幸福。又如对"洞房花烛夜，金榜题名时"这种人生的大喜事，情场失意、名落孙山的人就一点儿也不快乐。还有像晋级加薪、出国考察、带薪疗养等赏心乐事，也与多数人无缘。如果不分时间、场合，盲目地跟着别人找乐子，只会适得其反。

　　别人的快乐是别人心境的体现，强求不来，只有找到属于自己的快乐，生活才幸福甜蜜。

心若宁静，便是最美时光

◎姚敏儿

我们总在寻找，寻找一处能让我们的心安然下来的宁静之地，远离都市的繁华，远离尘世的纷扰，远离人间的烟火。总以为住在山上就能享受山的清净，住在云里，就能享受云的自由，住在树上就能享受树的清凉，殊不知真正的安宁跟你所处之地无关，而是内心保持的宁静，是采菊东篱下的那份悠然，是梦里遇见花开的欣喜。

真正的宁静不是来自周围，而是来自内心，心若宁静，便是最美好的时光。所以，静到深处，便是美到深处。

人来到这个世上，并非是来寻找热闹和欢腾的，人是孤独地来，必然也会孤独地走。我想人本来就是孤独的，终其一生，都在寻找一条宁静的通往永恒的道路，只不过有些人找到了，而有些人湮没在了滚滚红尘中。

找到宁静，是否意味着远离红尘，不是的，若你的心放不下，即使远离红尘，也难逃红尘往事的纠葛。所以，寻找宁静之道，首先得学会放下。

通往宁静之道不仅要学会放下，还需要包容。老子曰："上善若水。水利万物而不争，处众人之所恶，故几于道。"

在道家学说里，水为至善至柔，水绵绵密密，微则无声，巨则汹涌，与人无争却能容万物，人生之道，莫过于此。杨绛先生曾翻译了英国诗人兰德的一首诗《生与死》："我和谁都不争，和谁争我都不屑；我爱大自然，其次就是艺术；我双手烤着，生命之火取暖；火萎了，我也准备走了。"这就是包容万物，做好自己的至高境界。

萧伯纳说过，生活中有两种悲剧，一种是欲望得不到满足，一种是欲望得到了满足。既然得到和得不到都是悲剧，那么是否证明了没有欲望好呢？人是被欲望驱使的动物，有欲望就会有去实现的冲动和激情，但是一旦被欲望牵制，就会失去自我。我们的心要始终在各种欲望当中寻求一个平衡点，那就是学会满足，学会感恩，以感恩的心看待上天所赐予你的一切，无论幸福还是痛苦，欢乐还是眼泪。既然我们在生命里、在时光里行走，就要学会感恩每一天的生活，用心拥抱每一个日出，每一个日落。

生如夏花之绚烂，死如秋叶般静美。我们要相信自己生来如同璀璨的夏日之花，不凋不败，妖冶如火，死时如同璀璨的秋日落叶，不盛不乱，姿态盎然。一路走来一路盛开，一边灿烂一边平淡。因为绚烂至极就归于平淡。

宁静，不是身处在一个宁静之地，而是心灵的安宁和寂静，生命历练的结果是以一颗风平浪静的心面对波澜壮阔的事。在经历了风风雨雨之后，我们会发现，我们一直寻求的心灵归宿其实就是内心的安宁，安宁才是我们心灵最终的归宿。

不仅仅是风的问题

◎ 张君燕

托马斯·肯尼利是澳大利亚著名的作家。托马斯出生在新南威尔士州，并在那里度过了小学时光，读中学时，托马斯来到了斯特拉斯菲德的圣帕特里克书院读书。

初到这里，托马斯很不适应。与原来严谨有序的学习氛围相比，这里的环境实在太过散漫，学生们似乎完全没有把精力放在学习上，他们忙着聚会、郊游、跳舞。有时候，托马斯想安静地读一会儿书都会被杂乱的声音打断。不久后，托马斯也开始随波逐流，他变得贪玩和浮躁起来，不再认真地对待功课。

托马斯的母亲察觉到了他的变化，于是在周末的时候带着他到郊外爬山，当母亲指出他的变化时，托马斯脸上有了一丝羞愧，但随即他又激动地说："这不能怪我，你不知道我所处的环境，在那种环境下每个人都做不到坚持不变。错的不是我，而是环境。"

母亲没有接托马斯的话，而是指着脚下的一堆岩石说："看到这些碎裂的岩石了吗？它们怎么了？""由于风和雨水的不断侵蚀，它们被风化了。"托马斯说完又补充道，"在这种环境下，岩石都会被风化的。"母亲点点头，又指着不远处的一处岩石问："是吗？可是它们为什么没被风化呢？"那是在澳大利亚常见的含有金刚石的金伯利岩体，这种岩石据说是最坚硬的一种石头。

"你看，在同样的环境下，有的岩石会被风化，而有的岩石却无任何改变。所以，有些变化很可能不仅仅是风的问题。你说呢？"母亲拍着托马斯的肩膀意味深长地说。托马斯思索片刻后，恍然大悟地点了点头。此后，托马斯又回到了全神贯注学习的状态，丝毫不受同学们的影响。后来，托马斯成为澳大利亚最成功也最多产的当代作家之一，获得六项奥斯卡大奖的电影《辛德勒的名单》就是根据他写的小说改编的。

"如果我们自身足够坚硬，任何外部环境都不能轻易使我们改变。"托马斯曾在一本书里这样写道。

戒指上的箴言

◎唐效英

公元前971年，所罗门接过父亲大卫的担子，成为犹太王国的新国王。

成为新国王后，所罗门很担心自己无法成为像父亲一样优秀的国王，他就恳求父亲说："父亲，我希望您能赠给我一句能让我受益一生的话，这句话能让我在高兴时不会忘乎所以，忧伤时能够及时自拔，从年轻到年老始终保持勤勉平静和兢兢业业。"

"这是一个很好的要求，我非常有必要赠送你这样一句话，但是我一时之间无法用短短一句话来涵盖这其中所有的人生智慧，你还是让我想几天吧！"大卫说。此后，大卫就开始回顾自己走过的这一生，做出怎样最简单的总结才行呢？他想了很久，最后他终于想出了一句话，他叫来工匠，把这句话刻在了一枚崭新的戒指上。

几天后，戒指完成了，大卫就拿着这枚戒指来到所罗门的身边说："我要送你的那句话，就写在这枚戒指上，日后你要天天把它戴在手上，无论你遇见什么事，你都要记得看看手中的戒指，看看戒指上的这句话。"

所罗门答应了，他毕恭毕敬地从父亲手中接过戒指，只见那上面刻了一句极为简单的话："这也会过去。"

　　看了这几个字，所罗门醍醐灌顶，明白了很多事情。大卫接着告诉所罗门说："时间是无声的脚步，是巨大的河流，它既带得走富贵辉煌，也带得走困苦磨难，所以功成名就时不必骄傲自得，陷入困境时也不必怨恨绝望，遇见任何事情，都别忘记告诉自己——这也会过去。"

爱是最好的良药

◎徐　伟

　　他是位著名的心理咨询大师，她是位年过五旬、从没结过婚的、富有的女人。他成功治愈的病患，将她介绍给了他，说她在近一年的时间里非常沮丧。他从病患口中还获悉，她唯一的乐趣就是上教堂；她没有朋友，从不和任何人交谈，哪怕与之朝夕相处十多年的管家和女仆，她也不愿和他们多说一句话。

　　一天晚上，他打了她的电话，小心翼翼地表明了身份，她极不情愿地和他聊了聊。他说希望参观她的屋子，她毫不犹豫地拒绝了。"难道你愿意让沮丧陪伴你度过后半生？"他问，拿出撒手锏。显然，她被击中要害。沉默了几分钟后，她很不高兴地答应了。

　　他来到她家，她带领他参观了每一个房间。在温室中，他看到三盆盛开的、颜色各异的非洲紫罗兰，旁边还有一盆土壤，看样子，她正准备栽种另一盆非洲紫罗兰。他心里有了主意，"我要给你一些医疗上的指示：明天你叫管家去花店，买下所有不同颜色的非洲紫罗兰，那些紫罗兰将是你的紫罗兰，你要好好照顾它们。""我为什么要养这么多紫罗兰？"她抗议。"这是医疗上的命令。"他不容置疑，接着说，"你还要叫管家去买两百个礼品花盆、五十个花篮和一些土壤。我要你从每一盆紫罗兰中摘一片叶子，种在花盆中，培养出更多的非洲紫罗兰（紫罗兰是用叶子来培植的）。"她听着，有些目瞪口呆。他像没看见一样，如一名将军，严肃、冷峻，有条不紊地布置作战任务，"当你有足够的非洲紫罗兰时，我要你给教堂中每一个有初生婴儿的家庭送一盆，给每一个受洗的宝宝，给教堂中每一个生病的人，给每一个宣布订婚和结婚的女孩，并且给有亲人去世的家庭送一张慰问卡和一盆非洲紫罗兰……"

接下来的日子，她为执行他的"军令"而努力，丝毫不打折扣，甚至越来越好。而且，她乐此不疲，一直坚持了下半生。当然，她因此交了很多朋友，被称为"非洲紫罗兰天使"，得到很多人的尊敬和爱戴。

若干年后，那位曾经的病患告知她的情况后，他愉快地说："我知道会有这样的结果。"病患大惑："可是，据我所知，你们只见了一次面。我不明白的是，为什么养养花就能治好她的病？"他顽皮地眨着眼说："非洲紫罗兰是非常纤细、娇嫩的植物，只要稍有疏忽就会枯死。照顾两百盆紫罗兰，任何人都要全心全意付出全部精力。这样一来，让美丽事物充斥她孤独、寂寞的生活，哪有时间用来沮丧？她付出了爱，肯定收获更多的爱，哪有沮丧的机会？"

多么高超的医术！不愧是大师！归根结底，爱是最好的良药。

半碗月亮

◎ 顾晓蕊

　　我去参观画展，在一幅画前驻足，仰头久久凝望——淡墨勾染出的矮墙，院内繁花似锦，墙外一条弯曲的土路伸向远方，一轮皎洁温润的圆月斜挂天上。这是一轮乡下的月亮，细看果然题名：乡间月色。

　　这幅画将我的记忆带回遥远的童年，那样明晃晃、清亮亮的月亮是来自乡村的，是从吟诵千年的《诗经》中走出来的，脚步轻盈，姿态清朗。不似城里的月光，隔着灰蒙蒙的云层，躲躲闪闪，晦暗不明。

　　那是20世纪70年代末，有月亮的晚上，乡下是不用点灯的。在田间劳作了一天的村民踏着月光归来，烧火做饭，而后端起碗聚在路边树下。在月光的映衬下，每张清秀的、粗粝的、沧桑的、褶皱的年轻或年老的脸上都泛着光亮，吃着聊着，扯谈着田间的活计。

　　一群孩子在月光下疯跑玩耍，我很少参与其中，尤其金枝、银枝两姐妹在时。我那时六岁，性格内向孤僻，经常或倚或坐在矮墙上，一个人看月亮。我觉得她们是一伙的，我跟月亮是一伙的，要不怎么我笑它也笑。一缕缕饭香钻入鼻中，我不停地朝路上张望。待到母亲披着银白色的月光，扛着锄头缓步走来，我便跳下墙飞奔上前。

那年初春，我患了病，咳嗽得很厉害。母亲骑着自行车，带我去十几里外的乡医院看病。药吃了不少，病却不见好转。那天母亲又带我去乡里看病，回来天色已晚。站到院墙外，我捂着胸口剧烈地咳嗽着，一只鸟惊飞在月色中。

柴门突然开了，门里站着位身穿军装的清瘦男人，是父亲。他挟带着海风的气息风尘仆仆地归来，听邻居说母亲带我看病去了，下厨把饭做好，等候我们回来。母亲惊喜又慌张，目光温柔而甜蜜地缠绕在父亲身上，看他进灶间把汤盛好，端到院中石桌上。

我冷冷地看着父亲，心里说不出是怨是恼。他常年不在家，把地里的活儿撂给母亲，偶尔回来住几天又走了。我恨隔壁家的金枝、银枝，她们的眼睛很大，可心是盲的，脑袋里装满了恶作剧，不时爆出一串嘲笑，但我羡慕她们有个壮如黑塔般强悍的爹，两人经常骄傲地跟随其后。

碗里装大半碗粥，稀得照见人影，我心里更觉委屈，干脆坐着不动。父亲轻叹一声，愧疚地垂头，旋即兴奋地说道："快看，碗里有什么？"我低头看，什么也没发现。"碗里有个月亮。"父亲又说。可不是吗？碗里有一个白胖的月亮，连母亲也看呆了，分外惊喜，说："像个剥了皮的鸡蛋。"

为了给我治病，母亲卖掉了家中攒了半年的鸡蛋。我心情好起来，捧起碗小口地抿着，直到把碗底舔得一干二净。

饭后，父亲端出碗水煮大蒜，笑着说："里面放了冰糖，能治咳嗽的，就着月亮喝下去吧。"那时冰糖稀缺，市面上买不到，是父亲从部队带回来的。那夜我睡得甜甜，仿佛肚子里真的卧了个月亮。

随后的几天晚上，我喝着稀粥外加冰糖水，父亲陪我一起赏月，看碗中的月亮碎了又圆。一周后，他匆匆返回时，我的咳嗽竟完全好了。

随着父亲转业，我们家搬进了城里。我是在多年以后，才懂得父亲的用意之深——心有明月自澄净。只是我至今未曾问过，坚守海岛的那些艰苦又寂寥的夜晚，他是否有"隔千里兮共明月"的思潮起伏？

在静寂的夜里，我又梦见小山村，碗中的月亮轻轻地晃荡着，洒落一枕思念。朦胧间月亮从碗中升起来，变得又大又亮悬在空中，我放下纠结与挂碍，心中一片空明清澈。

脾气任性，福不加身

◎张峪铭

　　"假如福气是一本书，那么每发一次脾气，就等于从中撕掉一页。若撕到最后，薄如蝉翼时，福气就荡然无存了。"这是我跟一位大学生说的话。

　　这位学生成绩本来不错，高考时因头顶上的电扇噪声太大，影响了他的情绪，最后发挥失常，本可以凭实力进一本学校的他，只进了一般二本院校。这次在大学里竞争社团职位又不顺，生起了闷气，在微信上跟我抱怨不公。

　　其实，生活常常陷入一个怪圈，你越是埋怨，越是不顺；越是不顺，越易生怨。真是怨不息，逆不止。这样的例子太多太多。那年，两个人应聘到同一个单位，他们年龄相当，学历相同，能力相仿。可几年之后，一位升了职，一位还在原地踏步。没升职的气呼呼地找上司问原因，上司说："都是脾气惹的祸。"他反问道："我事情不一样做好了？"上司说："易怒伤人，就像在木板上钉钉子，钉子即使拔除了，木板上的眼儿还在。"

　　脾气人人有，若让脾气任性，或暴跳如雷，或怨言不止，或冷眼相向，就破坏了应有的气氛，而福气是和气凝聚而成的，脾气来了，福气就走了。平常人一怒，气坏了自己，难堪了别人，损伤了情感。弄得不好，处顺境，就遭人妒忌中伤；处逆境，易遭人落井下石。而那些位高权重之人一怒，往往就是祸国殃民。始皇一怒，焚书坑儒，留下了千古骂名；项羽一怒，坑杀二十万降卒，为失败埋下祸根；吴三桂一怒，为红颜冲冠，让江山归了大清……怒，小则伤自身，伤人心；大则损国体，害百姓。脾气这把双刃剑，不管是谁，若让其恣意而行，都没有福气降临。

　　复旦博士于娟，在她生命的最后时刻，写下人生的反思日记。她认为自己做事过于较真，过于追求完美，心气高、脾气倔，久而久之，福气从身边溜走了，最后将自己逼上了不归路。当然她这样的脾性，没有刻意去伤害他人，而是无形中伤害了自身，这多少让人唏嘘不已。因为人的生命体里充盈着"脾、福"二气，它们是一种敌进我退的关系，脾气多了，福气自然少了，当脾气任性得独霸"胸腔"时，福气就悄悄溜走了。

　　当然不是说人不发脾气，而是要控制自己的情绪，不无端、任性地发脾气。随意发脾气就如人持有信用卡，不节制地刷，终有刷爆的时候。而好脾气就如给卡中充钱，就是积累福气。

　　泰国传奇人物白龙王说得好：人只要脾气好，凡事就会好。

　　脾气任性，福不加身。

幸　福

◎王永顺

　　有这样一则故事，一个机构拿出五百万元，奖给最幸福的那个人。前来领奖的人自然是络绎不绝，都自诩是最幸福的人。可是后面人的陈述比前面的还要幸福，就这样来领奖的人逐一被淘汰。直到最后一个人出现。这个人暗自窃喜，看来自己稳稳当当地可以拿此大奖了。不料这个机构的人只问了这人一句话：既然你认为自己是最幸福的人，那为什么还需要这笔丰厚奖金呢？结局可想而知。看来，这世界上，幸福是相对的，你认为自己是幸福的，其实还有人比你更幸福；你认为自己是最幸福的，可是当你的幸福还有所期待有所依赖时，还不能称为幸福至极。

　　心理学教授费俊龙曾说，每次在电视或婚礼上，看到男方对女方说"我会给你幸福的"，此时教授心里都有些"瓦凉瓦凉"的，因为在费教授看来，幸福如果由他来给，他就可以轻易拿走这幸福。幸福依靠别人给予，是靠不住的。从心理学上来讲，幸福只能依靠自己。虽然幸福只能依靠自己，但是不排除可以有所凭借，毕竟我们都是肉体凡胎，都要食得人间烟火。当有人对你说可以给你幸福时，你也可以对对方说，我也同样可以给你幸福，这样，幸福就不再是一种依赖，而是互为支撑了。

时下很多人乐意在微信上晒晒自己的幸福，秀幸福本身就是一件很幸福的事。不过晒出来的幸福，是不是抹了胭脂的脸面呢，其本来面目怎样，不好说。一个人幸不幸福，可以问他这样一句话："假如有来生，你还愿意做今生的自己吗？"对今生、对自己都不认可的人，无论看上去怎样风光，其幸福都是有水分的。

星云大师在接受杨澜采访时，大师被问道："对成佛成祖怎么看？"星云大师不假思索地答道："如果能有来生，我还要做一个和尚，这样能广结善缘，便是最好的了。"大师把佛门僧人的最极致的幸福放下了，他只愿做一个和尚，即使是下一辈子也甘之如饴。那一刻，星云大师内心里是淡定的，也是充满了幸福的。

有人言及幸福时，说过这样一句话，"当自己不再问自己是不是幸福时，便是幸福的了。"可惜我们在生活中，对于幸福太过于计较了，生怕自己不够幸福。想起一个寓言来，一只小猫拼命转着圈地追逐自己的尾巴，可怎么也追不到。老猫见到后问它为什么要这样卖力地追自己的尾巴。小猫回答道："尾巴就是我的幸福啊，我一定要追上它。"这时老猫说："幸福就是这样，你拼命地追，看着幸福就在眼前，可就是追不到，不过，孩子，如果你现在放弃追逐，该干什么就干什么，你会发现，幸福从不会远离我们，就在我们身旁。"

佛家说，一切福田，不离方寸，从心而觅，感无不通。心里急切地要追逐幸福，不如该干什么就干些什么。当我们不再刻意地追逐幸福时，幸福会一直伴随着我们。幸福与否，可能不是我们甘甜与苦涩的体验，它本就与我们的生命相连，它是一种"回首向来萧瑟处，也无风雨也无晴"的心灵境界。当我们"众里寻他千百度，蓦然回首"时，终会发现，幸福不过是人生的一种附庸，它紧紧跟随着我们，从没有弃我们而去，我们拥有的今生，不管苦乐喜悲，都是一种福缘和福报。

清守心灵一片静叶

◎眉　心

　　凄风紧，吹落一地金黄。我因工作上失误，让单位蒙受巨大荣誉损失，为缓解过大的精神压力，我独自一人背包去登山。

　　秋末冬初。未及落尽的叶子在枝头打着颤儿，一如我此刻郁郁寡欢的心情。登上山顶，我闲闲地看些风景，准备休息一下便下山，却不意瞥见松林掩映处，有人正坐在一块山石上写生。

　　出于好奇，我走过去，原来是我们当地一位有名气的画家，上次市书画院举办画展，我有幸见过一面。欣喜之余，我礼貌过去打招呼，表示喜欢他的画。他很开心，自然而然地交谈了起来。艺术家的眼光总是敏锐的，一眼看出来我心事重重，见他人平和热诚，我便把心中苦恼向他倾诉起来。

　　他皱眉听完，沉默了半晌，说："我给你讲个故事吧。"

　　"当年在美院做学生时，有位导师带了三名弟子，两个来自城里，一个来乡下。城里弟子很瞧不起那个乡下弟子，总觉得与他们为伍似掉了身价，每每在导师面前诋毁排挤，久而久之导师也开始不喜欢他。乡下弟子很痛苦，换导师吧，学院为了维护教授们的声誉，对于这样的敏感话题，一般都不愿触及。他也消沉过一段时间，可回到老家看到惨淡家境，看到辛劳父母为自己举债度日所受的种种煎熬困苦，他就忍不住想掉泪：他那一支支画笔笔管，每一色颜料里，何尝不浸淌着父母的辛劳血汗啊！

"绝不能辜负父母这些年为自己所受的苦！"他暗下决心，开始心无旁骛埋头作画。无人引路，他不止一次迷惘困惑。后来他把名家画的复制品带回到宿舍临摹，久而久之，反而摆脱了那些画法技巧的束缚，兼具融入了个人审美趣味、艺术体验，他的作品，越来越有了自己独特的风格气韵！他的画引起学院另一位老教授的关注，在其鼓舞推荐下，在北京举办的青年画展中，他一举成名，从此艺术生涯才真正步入坦途！

"大概你猜得到，当年的那个落魄学子就是我。其实，谁的人生，都需跋涉险礁暗滩，都要逾越段段逼仄与不堪。

"瞧这两片叶，是我上山路上特意捡来的，本想入画的，不过或许会给你些启示。"见我一时心结仍难以打开，他耐着心开解。

我接过叶，见其中一枚色彩斑斓，黄橙棕红各色交错晕染，尽管背面有明显风雨侵蚀过的暗痕，不过斑斑驳驳透将过来，反使原本鲜亮的叶片底色有了沧桑厚重之感，比起那枚背部平整光滑的棕黄叶子，要绚烂有趣得多。可除了色彩更复杂美丽些，我不知道它背后还隐藏着什么生命密码。

当他告诉我两枚叶子来自同一株母本时，我不由得吃惊，怎么可能，色差竟如此之大？"是啊，你看，本自境遇相同，可这一枚只因站在高高枝头，承受了太多凄风苦雨，也便一次次触及阳光流云，自然比那些经历单薄的生命，多出了几分明丽，几分历练，几分厚重。叶子尚懂得自我珍重，活出精彩，我们理应比叶子更加智慧：学会用背部承受风雨，以微笑迎向阳光，这才是真正美丽洒脱的生命姿态！"

"用背部承受风雨，以微笑迎向阳光！"告别画家，返程的路上，我默念着这令人心头一震的话语，内心不能平静。

生命的完成从来不是一蹴而就的。黑暗、磨砺、伤痛作为成长每一个阶段的必经，我们该做的也许便是：世事沧桑安然于心，微笑阳光由内而外，淡定从容，随适坦然。即使人生不能怒放出花的姿容，成为一片不惧风雨、霜染欲醉的静叶，亦是生命的另一种极致啊！

是的，静叶之美，美在沉潜后的成熟，历经后的豁达，风雨之后依然拥抱希望。这样的人生，才有生命的厚度与韧性；不随波逐流，不浮躁闹腾，是内心笃定、清醒且优雅的俗世清唱！

第三部分

诗与远方皆是寻常

给心造个窗子

◎游宇明

去长沙陪护住院的老父，整天听着病房里的嘈杂声，闻着浓浓的药水味，加上陪护床面积太小，几乎每晚都睡不好，心情便有些灰蒙蒙的。

一天上午，外地的姐夫来换班，我利用这闲下来的时光与新认识的朋友李永光游览了医院对岸一个名为"西湖文化园"的地方。这里有碧波荡漾的人工湖，湖岸边有替游泳的人遮风挡雨的金黄的稻草伞，有红艳得像玫瑰的蜡梅，有造型别致的各式亭台，水中则有树木密布的岛屿与妩媚的睡莲，这一切都笼罩在迷蒙小雨中，真的诗意极了。我压抑已久的心不禁鲜活起来。生活多么好啊，虽然有时会有不尽如人意的地方，但我们总会在另一些地方遇见一些让人高兴的事情，就像现在这一片妩媚至极的景色。我庆幸自己走到了对岸，我知道这一次"行走"等于给自己的心造了一扇小小的快乐的窗子。

一个熟人字写得不错，自以为天下第一，瞧谁都不顺眼。某年，他偶尔在北京看了一个书法展，回来之后变得谦逊平和了，对圈子里的人也更多的是寻找人家的优点。这位朋友也给自己造了个窗子，窗子的名字叫"视野"。

在中国杰出的科学家里，我最喜欢袁隆平先生，原因之一是袁先生与一般的学者不同，他懂得给自己的心造一个淡泊名利的窗子。袁先生从年轻的时候开始研究杂交水稻，人到中年取得重大突破，于是什么样的荣誉都来了，有关部门想请他担任湖南省农科院院长，农科院是个很大的事业单位，正厅级的院长有着相当的权力，但袁隆平没有同意，他喜欢待在田间地头与实验室里。后来，他的超级杂交稻突破千斤大关。

　　一个人在一个生活圈子里待久了，难免会变得呆滞、狂妄、庸俗、势利，给自己的心造一个窗子，让你的灵魂吹吹风、晒晒阳光、听听鸟鸣、望望流水，这绝对是一件于生命有益的事。不同的人需要造的窗子也会有所不同：对于忧郁的人，他的窗子是快乐；对于狂妄的人，他的窗子是谦逊；对于有资格享受名利的人，他的窗子是清醒；对于富人，他的窗子是慈悲……无论是什么样的窗子只要于我们的长远行走有益，它就值得我们认真呵护。

　　造有形的窗子需要凿掉一些物质的砖石，造无形的心灵之窗则需要凿掉一些固执的砖石。固执与坚守不同。坚守是对良知、正义与其他有价值的东西的坚持，而固执则是对错误的思路、行为的死不悔改。一个喜欢钻牛角尖的人、一个心中只有自己的人、一个看重即时利益的人，是不可能懂得给自己的灵魂造窗子的。

　　在封闭的心面前，智慧也是造窗的材料。人活在世界上，有两个问题必须始终明明白白：一是你的生命真正需要的是什么，二是你可以通过怎样的路径去获得这些东西。不知前者，你不会清楚自己的心灵需要窗子；不知后者，你也许永远只能梦中望窗。智慧不只是天赋的聪明，许多时候，它更是一种对生活的敏感、对世事的变通。

给心造个窗子，你的心最终才会成为人生的窗子。

与阳光谈谈心

◎苏　禅

朋友乔迁新居，邀我们去参观。一上到复式的二楼，我们都不约而同地惊叫起来："哇，真舒服呀！"朋友的房子是顶楼复式，楼上，朋友大刀阔斧地改变原来的格局，把二楼改造成了一个充满小资情调的阳光书房，四面墙，两面都改造成大大的落地窗，室内十分亮堂。特别是阳光极好，从明净的玻璃窗外射进来，在朋友精心挑选配置的绿植、静物画、花梨木色的几案、书柜、博古架的映衬下，那真叫绝妙。

有人说，"在这间书房内晒太阳，可真不错"。

"那当然了，"朋友说，"有时不想读书了，我就躺在椅子上，面朝阳光，与阳光谈谈心，把心里的不快、生活的郁结，和阳光谈谈，感觉立刻就会好很多。"

与阳光谈谈心。多诗意的一句话，又充满着禅意。

无独有偶，一次和朋友在滨河岸边散步，走累坐在长椅上歇息的时候，旁边不远处有一个小女孩，安静地坐在草地上，用嫩乎乎的小手抚弄着草丛中的花朵，小嘴里喃喃自语着什么。我和朋友好奇地走过去，一个小孩在干什么呢？

"我在和阳光谈心呀。"小女孩抬起头，一脸灿烂的笑容。

清澈的童音如同跳跃的音符，瞬间让我和朋友陶醉。

和阳光谈心，多美丽的一句话。小女孩的话如同一把钥匙，解开了我在人生中的许多症结。

我想，大概每个人的人生都需要有这样一个时光：找个时间，纯粹地、耐心地，与阳光谈谈心。

读书的时候，总喜欢在有阳光的日子，从光线暗淡的宿舍出来，背着书包，去教学楼周围的草坪上晒太阳，从阳光明媚到落日渐隐，才将身影从阳光里抽取。有时，靠着树读书。更多的时候，是两三个人，头枕书包，仰面而躺。对着天空，对着洒下来的阳光，谈学习，谈未来的理想，谈小小女生的多愁善感。在我们彼此的倾诉中，阳光是一位忠实的听众，并且，她毫不吝惜地用自身的温暖和光明不动声色、毫无回报地帮我驱走那个年纪心情的梅雨季所带来的潮湿、阴暗。

成长的岁月中，每年都与母亲重复做着一件事，那就是晾晒。夏季阳光好的时候，母亲会把家人冬季的棉服一件一件拿出来，挂在院子里的架子上晒上一天；把家里储存的干菜、粮食等拿出来，摆在院子的石凳上。母亲说，东西和人一样，需要见阳光。东西放在屋子的角落里，一年的时间，如果不见阳光，东西就会吸潮、发霉、长毛，好好的东西就毁损了，很可惜的。

这虽是生活普通的道理，但我想，这大概是没有语言思维的事物与阳光的谈心吧。所以，从小我就印下一个观念：阳光是个好东西。

东西需要晒太阳，人更需要。人生几十载，难免有工作不如意、生活烦恼、人际种种矛盾，这些都会引起心情的烦闷，这些烦闷是情愫的洪水，当郁积到一定的程度时，必须排泄。此时，去户外晒晒太阳，在阳光下静坐片刻，都是一个疏通的渠道。

人的心是一个封闭的暗房，也像一个旋涡，它会在你无意识中不自觉地将各种需要、情绪都吸纳进去，并日渐增多。只要你经常与阳光谈谈心，把内心积攒的情绪垃圾、问题垃圾、心理垃圾翻出来晒晒太阳，那么人生从里到外必将明媚灿烂。

人生总会面临非议

◎程应峰

　　每个人都有需求，每个人都试图以自己为圆心去评价别人，一旦需求不能被满足，就有飞短流长衍生。每个人都希望得到他人尊重，然而，总有那么一些人当面恭谦礼让，背后却暗箭伤人。所以说，世上绝对没有单单受人非难或单单受人赞美的人，过去不曾有过，现在不会有，将来也不可能产生。这就牵涉到一个问题，一个人该如何去面对他人的非议？如何才能不活在他人的眼中口中？

　　纷繁芜杂的尘世，就算你做得再完美，也不可能让所有人满意。听到别人在背后议论你，尤其是议论你欠缺面的时候，其实不是什么坏事，它至少可以让你知道，原来你的举止在某种意义上，可以左右别人的思想和情绪。《佛经珍言》说："沉默会受到非议，多嘴会受人指责，即使寡言也不能免于见责。"所以，世上绝对不存在没有被非议过的人。明白了这一点，就当努力地去做自己认为正确的事和应该做的事，当付出努力而领先别人时，即使遭到非议也无须在意，因为这是无法避免的事。

　　成功的人难免遭到各种误解、非难和毁谤。就算是完美的、受众生景仰的佛祖，也曾遭到弟子的当面谩骂。可是，不管他骂得多么难听，佛祖都沉默不语，不加理会。当他骂累了，佛祖问："如果有人想送礼物给对方，对方不肯接受，那么，这份礼物该属于谁？"弟子不假思索地回答："当然应该属于送礼的人。"佛祖笑着说："对呀，就像现在，你把我骂得一钱不值，如果我不肯接受，这些责难又该属于谁呢？"弟子哑口无言，刹那间悟到自己是多么浅陋、多么无知。

诚然，完全不关注别人的非议，会被认为清高、不合群；但过于顾虑他人的非议，无疑会导致心神疲惫。我们需要清楚的是，非议虽然不会随着生命的消逝而消失，但在后来人看来的确无足轻重。历史更注重的，永远是某个人的功绩。比如爱因斯坦，跟在他名字后面的，永远是相对论，而不是仅仅只能作为谈资的婚外恋情。

"长远来看，我们都死了。但死了之后，跟在名字后面的是你为这个世界做的事情，你放心，那些指指点点的非议绝对不在其中。"这是英国经济学家凯恩斯在一百多年前说过的一句话，现在看来，这句话依然是不可轻视的哲理。是的，再长的生命也有终结的时候，不能终结的，只可能是一个人可以存留于世的深刻的思想、不朽的智慧。

与一头牛说说痛苦

◎马　德

"二喜、有庆不要偷懒，家珍、凤霞耕得好，苦根也行啊。"

一头牛竟会有这么多名字？我好奇地走向田边，问走近的老人："这牛有多少名字？"老人扶着犁站下来，看了我一眼，说："这牛叫福贵，就一个名字。"

"可你刚才叫了好几个名字啊。"我依旧不解。老人神秘地朝我招招手，等我凑过去，他欲言又止，因为，他看到牛正抬着头，就训斥它："你别偷听，把头低下。"

牛果然低下了头，这时老人悄声对我说："我怕它知道只有自己在耕田，就多叫出几个名字去骗它，它听到还有别的牛在耕田，就不会不高兴，耕田也就起劲儿了。"

——这是余华的小说《活着》开头部分的一个故事，我一直把它当作一个寓言去读。

一个人的痛苦，与此十分类似。也许，你在生活中真的很苦很累，但真正让你痛的，却不是苦和累，而是孤单。

也就是说，在痛的苍茫里，不是首先想要看到彼岸，而是想要看到同病相怜的人影。因为，当彼岸太遥远，身边绰绰的人影，才让你心安。

痛到踽踽独行，最容易心生凛冽，而一颗凛冽的心，会让襟怀变得促狭。人在这时候，会不停地追问自己：这么大的世界，为什么痛的偏偏是我，而不是别人？不能不说，这是人性的灰暗之处。这种灰暗，是扭曲地反抗，也终会反抗到扭曲。因为，强大的追问，常常会把痛逼到绝地，把人逼到绝境。痛到委屈，就会觉得自己越发可怜，而越可怜，就会越孤单。

命运的荒寒处，只有一个人在战斗。势单力薄不怕，怕的是形单影只。有时候，甚至可以坚强到连孤单都不怕了，要命的是，你还得装作不孤单。人生的一部分痛苦还在于，有苦不能言，有苦无人可言。表面上，强大到谈笑风生，一转身，惶惶到满心悲凉。

在人生的所有境遇里，天塌大家死，最是无所谓。无论多深重的痛苦，只要大家平等地承受，就无足惧。因为平等，所以平衡；因为平衡，所以平静。问题是，世界不会把所有都摊到均匀。于是，在认同感上，若有人比自己强，可以接受；若自己不如所有的人，就会变得十分不甘心。

人生不如意常八九。可常常是，自己痛快的时候，看不到别人痛苦；自己痛苦的时候，却又总觉得别人都在痛快。当眼睛过滤了生活，心灵就会在回转中，走向偏狭。

在自我的天地里待得太久，痛就会没了释放的出口。这个世界，放下痛苦的一种方式，就是要去知道还有更多的人，也正在痛苦着。其实，这样，也不是没了痛，而是当你在心底里盛下了别人，就会淡忘了自己。

远行的诱惑

◎杨　晔

远行，多么让人渴盼的诱惑。

我曾经苦恼不能三月下扬州，不能享有四月赏婺源油菜花的浪漫；我曾经遗憾，不能九月领悟九寨沟的灵透，不能十月迸发赏红叶的激情。我曾经多么希冀：若得空闲，任我逍遥天涯，潇洒四方，任我放歌天南，游走海北。

我多么艳羡"驴友"描述的西藏之行，多么渴求闲人炫耀的云南之旅。我是多么向往背上行囊，天马行空，然而这世上，三毛只有一个。"驴友"众多，我却无法成为其中的一个。

似乎一切都是奢望。寒假，我不敢卷入春节的迁徙大潮。暑期，炎热的高温把美丽愿望炙烤得无影无踪。我更没有辞职的勇气，任自己独行。因为我清楚策马天涯的背后就是悬崖。我，输不起。为换得这样的洒脱，我不惜韶华早逝，盼望尽快退休。

然而更多的日子我是安于一隅，任凭自己的心灵遨游：大漠追风，仗剑天涯的豪情从未消退；草原驰骋，马蹄扬香的意境从未远去；湖水泛舟，采莲湖心的婉约一直缱绻；竹林弄舞，衣袖翩跹的洒脱依旧萦绕。

或许我们期盼的不是远行，只是想让心灵寻到一个驿站安歇，让精神觅得一宇空间放松。我们追寻的只是一处安宁。其实不是我们的脚步无法停止，而是我们的心灵背叛自己，潜意识里的我们，总是盘算着逃离生活的繁杂与尘世的喧嚣。

其实只要内心淡泊，哪里都有风景；只要内心从容，心底也能远行。走马观花的远行倒不如神游四方，入骨浸髓，染透心扉。

付出诸多代价，远行，一旦出发，你就会发现哪里都不是你的家。如果心灵在流浪，哪里都不能使你安然。远行不过是身体的自由，然而远行的劳顿解除不了心灵的禁锢。"虽信美而非吾土兮，曾何足以少留"的伤感也许一路相随，再美的风景也无法填补心灵的缺憾。

倘若途经一片繁杂，而心灵依旧生花，如果身临一片喧嚣，而心底依旧静寂。那么安居一室又何妨？暖一壶茶，听一筝曲，足矣。

于是我安静了，我淡泊一切欲望，沉淀所有的浮躁。

我要安静地等待，等待一个远行的机会，我不会选择匆匆走过，那种过客的感觉，仿佛是水油不相融，让我心生陌路。我会如喜欢一本书那样，仔细去品味我途经的每一块土地，虔诚地尊崇我聆听的每一个传说。我会努力去读懂它的底蕴与内涵，绝不是浮光掠影浏览翻阅了事。

远行是飞舞的柳絮，根本无法把握自己的行踪，而我的远行是自由的蒲公英，所到之处就会生根开花，梦衍天涯。

错过，是无巧不成书的美

◎夏学军

一场大雨，我错过了最美的泰山日出，淡淡的失意情愫中，忽然为自己有毅力登上山巅一览众山小而兴奋。错过了一场春日里的花事，但是还有冬日里的蜡梅可期盼。人生难免有错过，为了生命中不能错过的事而选择一些错过，是不得已而为之。不要遗憾，不要伤感，错过也是一种美啊。

从小到大错过的人与事太多了，如果每次都耿耿于怀，岂不就不用活了。也许当时会有些许的感伤与惆怅，但是当它们云一般轻轻散去之后，错过便如跳动的音符，成了点缀着生命的华彩乐章。

一场期盼已久的李宗盛演唱会，本打算和老公一起重温那些耳熟能详的经典老歌，近距离感受偶像迷人的气息。但一次偶然的错过，再一次拉长了这份期待。人生有所期待，总是美好的。

精心准备的一次网友相见，被一个意外事件无情地扰乱，心里是无奈，是落寞。想起那句"相见不如怀念"时，忽就释怀了。保有一份淡淡的想念，深深的惦记，隔着万水千山，这份情愫永远美丽新鲜。

错过，是一种无奈，但是错过又何尝不是一种别样的幸福？

有人说人的一生是不断选择的过程，选择这个，必将错过那个。短暂的人生里，需要错过的太多太多，太多的温情、太多的激情、太多的幸福和风景让我们一一走过，制造着平淡岁月中的惊喜与失落。错过，如同文学和戏曲中"无巧不成书"的桥段，是人生的核心，是线索，是纽带，是娓娓道来。

凝视错过翩然远去的背影，它让我们感悟到人生难以完美，也正因为如此，生命才有了更多的惊喜和意外。这就是人生的精彩与迷人之处吧。

学会珍惜每一次相遇，珍惜每一次错过后的拥有。"失之东隅，收之桑榆"是错过的另一种美的诠释！生命在延续，我们一定会遇到些什么来弥补错过的缺憾，当我们回首往昔时，猛然醒悟，原来自己拥有那么多，所以从明天开始，生命中不再有"错过"二字，而是珍惜和拥有。

在心里种一株莲

◎杨召坤

　　朋友从西湖游玩回来，知道我一直都想种莲，所以给我带回两颗乌黑油亮的莲子。我把这两颗莲子放在手心，想象着它们由一个蓓蕾绽放成一朵莲花，又落尽花瓣结成一个莲蓬，最后被朋友的纤纤玉手摘下，经过从南到北的长途跋涉才和我相遇。

　　这也是一种缘分。

　　我用剪刀把莲子皮剪开一个缝隙，放在盛了水的瓷碗里，又把瓷碗放在卧室向阳的窗台。迎着阳光，碗底波光粼粼，莲子静静地卧在水底。

　　几天后，我从缝隙里看到了一抹绿色，像是蜷缩的绿茶新叶。这绿色渐渐蔓延，小心翼翼地探出缝隙，最后长出水面，这才看出来是一片卷着的荷叶。古诗云"小荷才露尖尖角"，大概就是这样的景象。荷叶渐渐舒展，才变成一片圆圆的叶子，只是柔弱的茎尚且不能支撑它的重量，所以荷叶只能浮在水面上。

　　几天下来，荷叶一片一片地长出，聚满了水面，又有几片强壮的叶子撑出水面，宛如一柄柄绿色的小伞。

　　又问了家里种莲的朋友，他告诉我要把长出叶子的莲移到盛了淤泥的陶盆里，而且陶盆一定要大，因为藕的生长能力极强。

家里没有足够大的陶盆，就在网上买了一个粗陶的，靛青色，没有花纹，亦没有装饰，看上去很拙，却给我一种质朴天然的美感。又开车去城郊的小河里挖了一袋淤泥，将一切准备妥当。

把两棵莲花从瓷碗里拿出来，这才看见水下已经是一团茂盛的状况。白色的根须占据了碗底全部的空间，长长的根茎一节又一节，每一节相连处又朝上生出新的荷叶，如此隐秘生长，如此盘根错节。把它们埋进陶盆的淤泥里，又洗去荷叶上沾染的淤泥，这才算是大功告成。

不久，朋友来我家做客，我告诉她阳台上的那盆碧绿茂盛的荷叶就是她送我的那两颗莲子。她又惊又喜，拿着手机拍了又拍，发朋友圈说这是来自西湖的荷叶。

我亲手炒了几个清淡的小菜款待朋友，我们就在那盆荷叶旁吃饭。阳台有风吹来，荷叶田田，小餐桌上光影斑驳，有清远幽深的意味。

后来我买了两尾红色的锦鲤养在荷花盆里。闲来无事的周末，我就坐在洒满阳光的阳台上，手机放着轻音乐，手里捧着一本散文，朋友说我这是神仙般的日子。我笑着说，这不过是浮生偷得半日闲罢了。

记得读书时学过周敦颐的《爱莲说》："予独爱莲之出淤泥而不染，濯清涟而不妖，中通外直，不蔓不枝，香远益清，亭亭净植。"

我也爱莲，爱它的静，每当我坐在这盆莲的旁边，我那颗因工作而忙碌、为生活而奔波的浮躁的心就会安静下来。仿佛心里生了一株莲，含苞待放，红娇菡萏。

　　心有莲花处处开。心里有莲花，就不会烦闷，就不会急迫，更不会浮躁。在如今的快节奏社会里，愿你我都能在心里种上一株莲。

一个人的历史上的今天

◎孙道荣

　　浏览朋友圈。有位朋友发了张照片，是他站在布达拉宫前的合影。这家伙喜欢旅游，据我所知，单西藏他就已经跑了好几趟，以为他又去西藏了。细看文字，才发现不是，而是一张旧照："十二年前的今天，第一次入藏，与神圣的布达拉宫合影，激动的心情至今犹历历在目。"

　　有意思的是，他竟然清晰地记得，是在十二年前的今天。

　　忽然想，十二年前的今天，我在做什么？我没有写日记的习惯，十二年前的今天，早已忘得一干二净了。我之所以不能像朋友那样，记住这一天，一定是因为我的十二年前的今天，像今天一样平淡无奇。

　　忽然又想，我已经走过的五十一年的岁月中，有没有哪一年的这一天，是有着一点儿特别意义的？在某一年的这一天，我或者是做了一件什么有意思的事，或者是见到了一个什么有趣的人，或者哪怕是发生了一点儿什么意外，思来想去，似乎也没有。

　　很显然，五十一年来，所有的这一天，我的生活都平淡无奇，甚至可以说是了无趣味。

　　我们的日子很平淡，日复一日，月复一月，年复一年，这辈子就过得差不多了。对一个人来说，你已度过的时光，就是你的历史，那么，此后，每一年的每一天，你都可以在自己的"历史长河"里，找到若干个对应的日子，你的历史上的这一天，有什么值得记住的，让你终生难忘的吗？

我想，再寡淡的人生，也总是有你值得记住的一些日子的。

我们能记住的日子，一定都是特别的。

最难以忘怀的，当然是我们自己的生日。若干年前的这一天，我们呱呱啼哭着来到了这个世界，从此开始了我们或平淡或惊奇的一生。不管你已有的生活是怎样的，自己生日这一天，都是值得我们铭记并庆贺的，为我们自己，也为了将我们辛苦地带到这个世界并抚养大的父母。

一些特殊日子也是不容易忘记的，比如与爱人的结婚纪念日，比如你第一次与他或她约会，比如你第一次拥他或她入怀。如果你觉得自己是找到了这辈子的真爱，那么，你第一眼见到他或她的那一天，那一刻，你也会刻骨铭心，终生难忘。

还有些日子也是难忘的，高考的那一天，入职的那一天，升职的那一天，搬新家的那一天，买第一辆车子的那一天，第一次出国旅游的那一天……

有些意外，会让我们永远地记住那一天。

有些大喜或者大悲，一辈子我们也不会忘记。

有些虽然平淡，但对自己来说，却是很特别的日子，也是难忘的。我的一位文友，勤勤恳恳写了大半辈子，虽收获不多，却对自己的文章第一次发表那一天，至今念念不忘；我的一位乡下长辈，是做木匠的，一直清晰地记得，他第一次去师父家拜师学艺时的情景；而我自己，年少时读了十八年的书，十八个新学期，唯一记住的，是我十岁那年，父亲牵着我的手，翻山越岭，送我去邻村上学的那个雨天。

对其他人来说，这一天与其他的日子，也许毫无区别，但对自己来说，因为在这一天，遇到了一个人，发生了一件事，而使这一日熠熠生辉，与众不同，值得铭记。因而，在此后的生命旅程中，我们会对每一年的这一天，生出别样的情愫，纪念它，感怀它。

一辈子很漫长，一辈子也很短暂，能让我们记住的日子，其实并不多。在我们自己的历史之河中，之所以能有些日子让我们一辈子不忘，未必是因为发生了什么惊天动地的事情，也未必是精彩纷呈的，它很可能像其他众多的日子一样平淡无奇，但它却是我们自己在生命的长河中打下的深深的、清晰的烙印，它是我们活过的证据，是值得我们记住和珍惜的。

这样的烙印多一些，深刻一些，有意义一些，当你垂垂老矣，打开自己的历史时，才不会遗憾。

让生命飞舞如蝶

◎胡安运

人生一世，草木一秋，无论如何应该活得有点儿尊严：我们可以卑微如尘，但不可扭曲如蛆虫。

自在如云，应是生命的至高境界：因缘而生，随缘而起，几度沉浮，随风而去。

美好的生命，不就像随风起舞的彩蝶吗，在自己的天地里，上下翻飞，任性而舞，不因惮于黑夜而收起翅膀，不因怯于风雨而忘记飞翔。

冬天来临，你可以蜷缩，可以蛰伏，但心中仍藏着一个万紫千红的梦；风暴将至，你可以沉默，可以苟且，但你梦里依然有自由的蓝天白云。

在生命的春天里，你尽情舒展你的多彩多姿，你的诗意曼妙，你的烂漫纯真。纵然不能翱翔如鸿，但绝不艳羡爬行的蛆虫。相信自己也是自然的杰作，再卑微的灵魂也应该纯粹而美好。

这还是庄周之梦吗？

人性的美好，主要来自灵魂的高贵：摸黑夜行，而心灯不灭；能在沉默中积蓄向上的力量，能在蜷伏时不忘发光的梦想。

不忘初心，因而能活得正直，活得真诚，活得坦荡。

既能兼济天下，也可独善其身；既能横眉冷对，也可俯首低调；富能不骄，贫能不谄；成熟而不世故，成功而不张扬。在漆黑如墨的夜晚，仍能闪烁如星；在风刀霜剑之下，仍能活得端正如松。真正的生命就应如此。

所谓风骨，不就是"安能摧眉折腰事权贵"的洒脱吗？所谓正道，不就是世事沧桑"天下归心"的民意吗？所谓自由，不就是在自己的天地里让心灵徜徉的悠然吗？

无论是沉默还是苟且，无论是摸黑还是蜷伏，都不要忘记这句话："因病得闲殊不恶，安心是药更无方。"良知在胸，安心是药。

自知不能成为雄鹰，不能长风万里笑傲江湖，那么，就收起你的骄傲放下清高，降低你云间遥不可及的高度。现实一点儿，就做檐下的燕雀吧，但一定要做一只自由的燕雀、快乐的燕雀、个性鲜明的燕雀。该歌唱时歌唱，该跳跃时跳跃，该起舞时起舞。而不学夜莺，咯出血来也要为黑暗高吟一曲曲赞歌；不学鼠类，躲在黑暗里上蹿下跳偷偷摸摸。

自知做不了清流飞瀑，也不要甘为阴暗里的污秽浊流；做不了青松翠柏，也不要甘为寒风中的枯枝败叶；做不了山峰耸立，也不要沦为荒寒之季的阴森沟壑。

所谓沉沦，不仅仅是生命的灰色颓废，更是精神的阴冷污秽，更是灵魂的自甘堕落。

敢于在黑暗中起舞，方显生命的美丽姿容；敢做出淤泥而不染的莲，才可能让生命绽放出高洁的本色。

能面朝大海，足见你心胸宽阔如海；春暖花开，可知你心灵美丽如兰。摸黑并不可怕，可怕的是心灵被黑暗的绳索绑架；苟且并不可恨，可恨的是生命里充满了讥笑勇士的冰霜和阴霾。

所以，有阳光，生命充满活力；有风雨，生命才得以洗礼。如果苦难来临，那就让苦难变成你精神之剑的磨石。

以不屈的姿态迎接风暴，站立着就像一棵树；以尊严的方式承受苦难，沉静着就如一尊大佛。

不管什么时候，你都不要轻易改变自己的初衷；不管什么季节，有梦你就要勇敢展开翅膀。你若是萤火，在黑暗中就自然地发光；你若找到了自己的春天，那就让生命飞舞如蝶。

你若要追求，就应追求生命中的这一点诗意，这一点温馨，这一点芬芳。

诗与远方皆是寻常

◎石　兵

在公园里遇到一位精神矍铄的老人，他步履轻盈健步如飞，与周边悠然而行的路人显得格格不入。远远观之，他额间的白发闪烁着耀眼的光；近处相对，他脸庞的笑容温暖从容，溢满自信与豁达。

见到这样一位老人，虽然他就近在眼前，我却有了诗与远方的感触，仿佛这位与众不同的老人独自拥有着诗与远方，我想，他一定是位有故事的人。

我紧走几步，与老人并肩而行，老人眼神一瞥，微微有些惊奇，但很快便对我微微一笑。我一边调整步伐，与老人的步伐一致，一边斟酌着语言，想着该如何与老人攀谈。

不料，老人竟先开了口："小伙子，你是想问我为什么走起路来劲头这么足是吗？"

我不好意思地笑了笑，说："大爷，您说得没错，我看您在这公园里显得特别与众不同，感觉您好像和我们这些俗人不大一样，所以走得跟您近了一些。"

老人大笑起来，说："我可是一介俗人，我今年七十一岁，一辈子走南闯北，上个月才回到家乡这个小县城，身边没什么朋友，就自己跟自己较劲呗。每天到这公园里走上几圈，看看景物观观人，希望自己能早日融入这里的生活嘛。"

听了老人的话，我却仍然觉得有些不明白："大爷，您想融入这里，就应当跟这里的人保持一样的生活状态才对啊，为什么还这么风风火火地跟大家不踩在同一个步点儿上？"

听了我的话，老人停下脚步，转头看了我一眼，说："看不出来啊，小伙子，你挺有想法的。说实话吧，我这个人习惯了东奔西走，年轻时却也是个文艺青年，用你们现在的话说，我是个向往诗与远方的人。现在，我身体老了，可是心还不老，我要在公园这方寸之地走出属于诗与远方的状态，这样，我的心才不会老嘛。"

我恍然大悟，向老人竖起了大拇指说："您说得真好，一个人不能囿心于方寸之地，否则就会很快老去的，虽然身在此处，但是心还是要怀抱远方才好，只要心怀诗与远方，再寻常的生活其实也是一种风景。不过，我觉得您说得有一点错误，您不仅过去是个文艺青年，现在也是个文艺青年啊！而且，在我们这些俗人眼里，您就是诗与远方啊！"

老人哈哈大笑，加快脚步向前走去，我连忙也加快脚步，陪着他又走了一段路，临别之时，他对我说："小伙子，年轻时多四处走走吧，这样，老了以后你才能心怀四方，不至于老迈疲惫，被生活压得直不起腰来。我曾经吃过很多的苦，走过不少的弯路，但现在想想，它们不也是诗与远方吗？它们给了我生命的厚度与硬度，也给了我更为宽广的生活空间与心灵世界。现在啊，我是明白了，诗与远方皆是寻常，只有一颗平常心才能真正使我们拥有自己想要的生活，真正拥有诗与远方。"

与老人分别之后，不知为何，我心中竟也充盈了开阔与希望，我没有告诉老人，我今天之所以会一个人来到公园，是因为在单位里遇到了烦心事，又被家中的琐事缠身，心中的郁闷逼仄无处排解才来到了这个悠闲的小公园。没想到，我会在这里遇到一位遥远又亲切的老人，会在这个寻常日子里找到了属于自己的诗与远方。

不可救药的乐观

◎ 刘世河

《朗读者》节目中，董卿问作家王蒙："您总说自己是一个不可救药的乐观主义者，那么能不能说说到底怎么个'不可救药'呀？"

王蒙笑了笑，诙谐地说："那我就先给你讲两个小故事吧。1963年的12月下旬，二十九岁的我响应毛主席的号召，深入群众、深入生活，主动申请举家迁往乌鲁木齐。离开北京时除了一些必需的生活用品，我还特意带了一条小金鱼，而且是连鱼缸一块儿带着的。我担心到新疆后再也看不到北京的金鱼了，那多无趣呀！就这样，从北京到新疆一直坐了四天三夜的火车，我就一直小心翼翼地捧着那个小鱼缸。"

王蒙停顿了一会儿，接着又讲了另一个故事："1965年，我又从乌鲁木齐直接下到边疆地区伊犁的农村巴彦岱，兼任一个大队的副大队长。当时，我住的是一位老农家里约六平方米大小的小库房。房间里有些杂物，墙上挂着一个面罗，九把扫帚，还有一张未经鞣制的牛皮。牛皮发出阵阵怪味儿，我一想，光有牛皮的味儿还不足以体现新疆的特点啊，就去市场买了一块羊毛毡铺在矮炕上，这样牛羊膻味便配齐了。然后，我就饶有兴致地环顾着这间充满新疆特点的小屋，又发现门有点儿斜，门楣处还露着一条三角形的大缝。结果三天后，这个大缝居然引来了一对燕子在此安家，整天叽叽喳喳，欢声笑语不断。后来我仔细一听，这原来是一对'小夫妻'。于是，我再进屋时便尽量放轻了脚步，怕惊扰了人家谈情说爱呀！哈哈……"见王蒙说到这里自己也忍不住乐起来的样子，董卿嫣然一笑，说："果然是不可救药。"

其实当年王蒙虽是主动申请举家迁往新疆，但实际上就是下放。而从1963年到1979年，长达十六年的新疆生活，他也正是靠着这种乐观的心态熬过来的，尤其幸运的是，"文革"十年中，不管是作为"摘帽右派"也好，还是"作家臭老九"也罢，远离北京的他都毫发无损。

后来，有外国记者采访时问他："十六年的磨难，你为什么没自杀？为什么没毁灭？为什么没垮掉？"他当时就回了这样一句话："因为我是一个乐观的人，一个不可救药的乐观主义者。"

亘古至今，那些被形容为"不可救药"的乐观者们，并非天生就是个乐观派，更绝非没心没肺的傻乐族，而恰恰是历经磨难后悟透了红尘。正如王蒙先生所言，一个人要有大境界、小乐趣。大境界就是不争一日之短长，不计较鼻子底下那点儿得失，不在乎一时的被误解和被攻击，赢得起也输得起，随大流得起也孤独得起、孤立得起，无私至少是少私，故少惧，胸有大志则吾善养吾浩然之气。如此才可以总能在不同的境遇中看到光明，而这种光明便是人生中最好的乐趣。

嫉妒是一种"长得不好看"的赞美

◎罗　西

连乞丐都会有人嫉妒，比如比他更穷的乞丐。

嫉妒成风往往是人性使然，但也可能是社会不公造成的。

嫉妒是一种受苦受罪的表现。说玄一点儿，"就是将你的能量无节制地投射到外部一个你无法控制的事物上，能量流失得越多、越快，人就越痛苦、无力……"嫉妒是一种夹杂着焦虑和愤怒的感情，一方面你为对方过得比自己好（换句话说，拥有的资源比自己多）而焦虑，另一方面你又有一种因"我可以得到或本应属于我的东西被别人拿走"而产生的愤怒。如果你曾深深地嫉妒过一个人，也许在嫉妒过后你会有一种被掏空的虚脱感，这正是你能量变少的体现。

再坏的情绪，也有能量，所以，不要轻易让能量流失。有人说，能量就像水，要留住它就需要一个没有破口的容器，也就是一个健康、成熟的心理边界。当你能清楚区分什么是属于自己的东西，什么是别人的东西（即外部你无法控制的事物），那么你就为自己设立了一个明确的边界。边界之内一切都归你管，边界之外一切都与你无关，包括那个没你聪明，也没你努力，更没有你那么"道德洁癖"，但莫名其妙升职的同事。

嫉妒源于比较，而且是"碟内争鱼"的比较。比较会影响我们的"获得感"。有句名言说：傲慢是因为认为别人不可能进步，以为自己的优势永存；嫉妒是因为认为自己不可能进步，以为他人的优势永存。

健康的成就感应该是：树立自己的目标，然后通过努力去实现它。

有人嫉妒你，基本上不是嫉妒你的优点，而是嫉妒你的弱点、缺点；你没有好到足够让其完全信服、接受，你一定不完美。所以，你就不必太难过与愤怒，甚至应该感谢那些嫉恨。嫉妒是拿别人的优点惩罚自己，因为这个惩罚太难受，所以他们只能去反向攻击嫉妒的对象，败坏嫉妒对象的优势，用嫉妒对象的缺点来缓解他们自我惩罚和无价值感的痛苦。

俄国，一个农民，因为邻居家里有一头牛而比他富裕，很难受。有一次，一条神鱼因为欠了这位农民的人情，答应满足这个农民的任何一个心愿。这位农民指着邻居的房子说："他比我富裕，就是因为他家有一头牛。"神鱼以为自己明白了农民的意思，笑说："这好办，我给你十头牛。"岂料这位农民咬牙切齿说："不，不，我不要你的牛，而要你去把他家的那头牛杀死。"这是比较可怕的特别有破坏力的消极嫉妒：不是通过让自己变得比别人更好来缓解嫉妒，而是通过打压别人来缓解。

难怪有人说，如果你想让自己的生活变得再糟糕一点儿，那你就去嫉妒吧！

不过，很多嫉妒是良性的，有点儿像酸溜溜的羡慕，其实是一种变相的肯定。"竞争"不是坏东西，竞争意识是人性神圣不可分割的一部分。既然人人都会嫉妒，那不妨就把它当成一种存在来尊重，如同总有人横穿一块草地，并且踏出一条"路"来，那干脆顺势就把这"路"修起来。确实，嫉妒的另一面是不服气、不服输，其光辉，足以照亮嫉妒的痛苦与阴暗。

有个女生说："不行啊，老师，我的嫉妒消除不了，除非让我瘦！"她在嫉妒同桌的瘦，不过，她已经知道问题出在自己身上，挺好。

罗素也有文章专门讲嫉妒的：嫉妒可能是人的所有天性当中最容易使人不幸的一个了，由于嫉妒，人不去从自己所拥有的事物中去汲取快乐，却不断地从他人所拥有的事物中汲取痛苦。

不要把别人之得，当作自己之失。另外，嫉妒也确实蕴含某种承认与赞美，所以，更别为之生气，我们也常常嫉妒别人。

不妨隔着一层迷雾，让我们互相羡慕吧。人和人之间太近、太清楚，就很容易滋生嫉妒，所以很少有邻居、同部门同事会成为好朋友。世界首富买宇宙飞船我都不嫉妒，可是隔壁老王买了辆宝马我就会恨。

更根本的解决嫉妒问题的方法是，转变认知，相信"生命的基本意义在于对他人的兴趣以及与他人合作"。奥马尔·布拉德利说："设定航线时应该对照天体，而不是来往船只的灯光。"不要闲着没事就细数别人的幸福，即使它看起来没有瑕疵；也不要忽视了自己的幸福，即使它有瑕疵。

向上的路都很孤独

◎呼庆法

从市区向西到镇上有三十余里的路程，需要穿越横亘在两地之间的巍巍太行，盘旋的山道一路向上，沿途有美不胜收的风景，有闪亮的柏油道路和静谧的林荫。

在我进入不惑之年时，与这条路忽然间有了交集。每当周一，我就会准时在5点起床，给上初中的儿子打点早餐，然后整理自己的行囊。在6点钟骑行穿越黎明的城市，一路向西，攀爬而上，直到抵达我的工作地点。我之所以选择骑行，并不是享受运动带来的那份酣畅淋漓的乐趣，而是习惯于一个人的安静和孤独中的那份沉思。我总认为，不惑之年的人生，会多一些顿悟，多一份豁达，少却一些青春的浮躁，浅淡一些黯然的伤怀。四十岁的年纪就像浅秋的山林，在寂静中，有了一份时光的厚重。骑行足可以让我在这一个半小时连绵向上的攀爬、穿越中，激发出潜藏在骨子里的那份毅力和向上的自信。

小时候，算命先生说我五行多木，自然生性木讷。所以我喜欢安静，喜欢独处，在应对人情世故中，时常感叹自己表现出来的那份拘谨和一脸懵懂无所适从的惶恐。

向上的路，总要多一些负荷，需要自己竭力向前；向上的路，不需要结伴，一个人是一个人的风景，可以多一些随性的洒脱。当穿越这静谧的林荫，行进在这茫茫大山之间，在满目葱翠的绿色里，有灿烂阳光在青山里浮动的潋滟，有鸟雀在林梢振翅的欢悦。壁立千仞的太行，犹如一道苍茫的翠屏，时隐时现浮现眼前，那么靠近又是那么远隔。我知道每一次挺进，脚下的路都会向前，都会更靠近内心里仰望的顶端，然后就是顺风而下的酣畅，就是抵达目标的激越。这何尝不像人生来路，耐得住寂寞才能守得住繁华，在该奋斗的年纪里不要选择安逸地活着。

　　从山下至山顶，有二十多个连绵的弯道，就像生命里层层叠叠的年轮、岁月里曲曲折折的经历。向上艰辛，需要付出超常的耐力，一路攀爬，我能听到来自肺腑的仓促呼吸。有时在对一个较大坡度的弯道发起冲击时，会有想在半坡上放弃的抵触，想要停下来有片刻休憩，抑或推车前行安享一丝悠闲的喘息。但我知道人的本能，人一旦在困境中停下来就会自然选择舒适，而我在这有限的时间里要抵达终点，就只能奋力向前，就像岁月的河流在生命的背后，不停地流逝，不停地鞭策，容不得你有片刻的迟缓。向上的路都很孤独，在这份寂静中，你向前的身影，亦是这峰峦叠嶂之间流动的一处风景。

　　当你一路向上，在困境中徘徊，这困境像一个又一个弯道，让你看不到生活的未来时，不要气馁，人其实不需要有征服自然的欲望，但要有融合自然的安详。你只需静下心来，抛却尘世里的浮躁，独享这一份向上的孤独，前行路上的每一棵树、每一个路标都会成为你向前超越的目标，而在你的身后远去的就是一米又一米你走过的历程。当你筋疲力尽抵达山顶，那种超越极限，迸发生命潜能的坚毅，会让你在生命的感动里，对自己多一份仰视。

向上的路都是孤独的，只有登顶的来者才会领悟其中的快乐。

且　等

◎ 张燕峰

关于等，我最喜欢一个故事。

寒山问拾得："世间有人谤我、欺我、辱我、笑我、轻我、贱我、骗我，如何处置乎？"

拾得曰："忍他、让他、避他、由他、耐他、敬他、不要理他，再过几年你且看他。"

拾得禅师的回答多么精妙！是啊，耐心地等他几年，且看他的下场。《易经·系辞下》里说"善不积不足以成名，恶不积不足以灭身"，足见积累的重要性，而积累的过程就是一个漫长的等待的过程。

世间万物的发展都有一个过程。果实的成熟需要等，一朵云变成雨需要等，小溪投入大海的怀抱需要等，等就是一个磨炼心性的过程。

也许，你会在黑暗和凄风冷雨中踽踽独行好长一段时日，可能会独自吞咽孤独寂寞，忍受别人的嘲讽和白眼，也许会失魂落魄。这时，你要劝慰自己学会耐心等待。一粒种子要破土而出，那它要在黑暗的泥土里沉寂许多天，一点点积攒力气，才能冲破厚厚的土层，才能享受到阳光的照耀和清风的吹拂。你就像那粒种子一样，需要沉潜自己，默默积蓄力量。大家熟知的蝉，它的幼虫更是要在幽暗潮湿的地下苦苦等待多少年，才能羽化成蝉啊。所以昆虫学家法布尔用诗一样的语言来赞美它："十七年的苦役，换来一个夏天的歌唱。"

诸葛亮躬耕陇亩，不是等来了刘备的三顾茅庐吗？姜太公在渭水边垂钓，不是等来了周文王的愿者上钩吗？达摩祖师，不是五心朝天、面壁九年最终才明心见性，成为一代高僧的吗？因此，佛家有"久等必有禅"的偈语。

等，不是庸庸碌碌、无所作为。相反，在等待的日子里，应该卧薪尝胆，磨砺自己。一旦机遇来临，你才能一飞冲天，一鸣惊人。

等，不是坐以待毙，而是等待时机，平心静气，笑看风云，伺机而动；等，不是满腔幽怨，悲声哀叹，而是要豁达从容，平心静气。等也是一个自我修行的过程。

等是忍辱负重，也是养精蓄锐；等是如坐针毡的忧虑和焦灼，也可以是坐看云起宠辱不惊的洒脱和从容。等是一种砥砺人格、增进学识和修养的过程。

小说《基督山伯爵》的结尾是五个字："等待和希望。"这世间的一切都是时间的艺术，有时我们所能做的，就是顺着时间走并耐心等待。

等，是做人的大智慧，人生的大境界。

别让生命成为片段

◎清　心

　　还记得，去年冬天，在以"时光河流"为主题的新书分享会上，年过七旬的席慕蓉老师以坚定而舒缓的语气，讲述了自己画画和写作的生命历程。青丝成了白发，烟雨湿了流年，聊至痛处，她数次哽咽落泪。

　　整个下午，听着席老师的生命故事，想着自己的前尘往事，在场的读者也纷纷湿了眼眶。只是，我发现，大家都在专心聆听时，坐在我旁边的一位大姐却时不时地看手表，一脸的焦虑，似有什么重要的事等着她赶紧去处理。

　　到了互动环节，她迫不及待地抢过主持人手里的话筒，激动地说："席老师，今天能来到现场与您面对面交流我很高兴。说实话，来的时候，我心里特别纠结。因为今天是周末，我本来应该在家里陪儿子。他上高中了，功课特别紧，每周只能休息半天。但是，因为我从小特别喜欢您的诗，虽然心里对儿子很内疚，但我还是决定来参加您的见面会。"

　　"刚才你不停地看手表，是希望分享会快些结束吗？"席老师慈祥地问。

　　大姐点点头，又摇摇头，目光充满了焦虑："也是，也不是。席老师，我的内心很纠结。我既盼着快些结束，又盼着时间过得慢一点儿。您讲得太好了！虽然心里想着赶紧回家陪儿子，却舍不得离开……"

席老师让她坐到自己身边，背诵了那首脍炙人口的《一棵开花的树》，然后，微笑着说："有一点可以肯定，如果你今天没有来这里，而是和儿子在一起，你的心情肯定会和现在一样纠结。因为，你只是看到了生命的片段，而没有看到整体。事实上，陪伴儿子和参加分享会并不矛盾，爱是最美的诗，诗也会让人更好地看见爱，享受爱。如果你明白自己选择哪一个都会有所收获，都没有错，你还会纠结吗？"

席老师的话，如同暗夜里的一盏明灯，让我的心倏然间豁然开朗。是啊，生命是一个整体，我们却习惯了将它分裂成一个接一个的片段。因为目光只放在那些短暂而狭小的片段上，无法看到长远而宽阔的整体，我们才把自己活成了鼠目寸光的可怜虫。

片段永远不会让人满足和幸福。如果我们只是活在片段里，可能会错过整个人生。只有看到整体，生命才会成为一个礼物，成为一场花开。

揽一肩白云度余生

◎陈　溯

　　那日黄昏，走在校园的芙蓉湖畔，我忽然慢下了脚步。湖边一排粗大苍翠的树木吸引了我的目光，近前一看，小木牌上写着树名——菩提树。看见"菩提"二字，内心不由生起一丝敬畏之心，书上说痛苦而生菩提，是在逆境中产生的美好心境。

　　我抬头仰望眼前的菩提树，它的树干粗壮，树叶青绿，树皮却是暗灰的，虽然粗糙的表皮上裂开了一道道神秘的伤口，却仍然保有一颗纯美的真心，开出美丽的花朵。

　　记得有位哲人说过："对于你觉得不好的事物，比如苦难与残缺，你完全可以从中感受到生命的美意。"

　　假如我们的心灵是澄澈的，精神是超然的，气韵是柔和的，哪怕是行到水穷处，也能坐看云起时，明知是身处于污浊尘世，犹有揽一肩白云度余生的勇气。这样的心境，怎能不美好？这样的心境下，生命不论是欢喜还是忧患，是如意还是不堪，都能散发出它的淡淡幽香。

　　一日途经集市，一位老者面前摆着一篮旧瓷，我生性喜欢旧物，便上前观赏。老者热情地拿出一只瓷枕给我，上面绘着浅绛的旧时美人，许是物件也有些时日了，美人只剩下旧旧的影子，却依旧是美。

老者见我喜欢，便低声问："要吗？"我迟疑着，老者指着美人身边的黄梅说："这瓷枕是我年轻时做的，怕美人孤独，便在旁边画了一簇梅，这样在梦里便也有了梅香。"

我大大地惊异了，与老者攀谈起来。原来老者年轻时是造瓷厂的工人，后来造瓷厂效益不好，他下了岗，又逢妻子生了重病，老者没有丝毫抱怨，在家一边照顾妻子一边坚持做瓷。慢慢地总算是维持住了生计，之后妻子的病也有了好转，他自是十分感恩。老者感慨地指着路旁的竹子说："看到竹子开花了吗？"我轻轻点头，花很美。老者却说："可你知道吗，竹子开了花，就是生命已经走到了尽头，这是它拼尽全力的最后一次绽放啊！"

老者的脸像一张画贴近眼前，这一刻，我的心里仿佛被什么温暖着。或许，生命的某些时刻里，我们也曾不知如何走眼前的路，但只要如竹子一样天真烂漫，倾力而行就好。

罗曼·罗兰说："世界上只有一种英雄主义，那就是认清生活的真相后依然热爱生活。"

忽然明白，我们为一处风景而倾倒，并不在于风景本身，而在于我们摒弃了生活给予的苦后而滋生出的美好心境。正如沈从文从一架篱笆前经过时，因看见淡紫牵牛花上的露珠而心生美好，所以便觉得那露珠就是他心上人的泪珠，而情不自禁亲吻它。

生命本身就是一场盛大的遇见与修行，我们每个人都是人生旅途中的赶路人。不论生命如何起伏变幻，我们且揽一肩白云度余生，时刻拥有一颗丰盈的、诗意的、愉悦的心。来吧，让我们怀揣澄净的芬芳，去迎接生命更深层次的灵魂。

　　那一时，光阴静暖。

诱 惑

◎侯美玲

　　一位登山者谈起一段往事。那次，经过不懈努力，登山者第一次越过珠穆朗玛峰八千米的高度。当时，他极度疲惫，靠在路边的岩石休息。那时候，他的脸庞感到特别暖和，好像被阳光照耀般温暖。这种感觉太美妙了，他决定坐下来，闭上眼睛休息片刻。恍惚之间，他向天空望了一眼，奇怪的是，四周一片雪白，根本没有太阳悬挂在天空。一个激灵过后，他提醒自己，绝对不能停下来，更不能睡觉，一旦睡着了，一定会死在珠峰。

　　下山后，登山者向随队医生说起自己的经历。医生问："你当时是不是觉得浑身飘飘然，好像有一种无形的东西诱惑你去睡觉？"登山者回答道："的确如此，那个诱惑太奇妙了，它好像召唤我去天堂，特别温柔、特别舒服。"医生肯定地说："那其实是一种濒死状态。"见登山者半信半疑，医生补充道，"你有没有观察过珠峰八千米以上的遇难者，他们的表情无一例外都很愉悦，绝对没有面目狰狞的？"

　　登山者恍然大悟，当忍耐达到极限时，哪怕一个小小的诱惑，也能迅速瓦解人的意志，最终酿成大祸。登山者暗自庆幸，因为禁得起诱惑，自己才不致命丧珠峰。

第四部分

繁复至简归于心

安静的角落

◎章铜胜

　　生活中常有两种人，一种人是为生活而生的，另一种人是为自己而活的。前者是生活的强者，在生活中如鱼得水，志得意满，活出了人生得意须尽欢的酣畅。后者是懂得生活的人，遵循自己的内心，活得潇洒随意，不用摧眉折腰事权贵，做着自己的事，有着内心的安然简素。我虽然羡慕他们，但我更知道，大多数人在生活中其实并不如意。

　　更多的人如我，要谋生，需要兢兢业业地做一份工作，也想要有自己喜欢的生活。于是，生活就成了一曲折子戏：有小小的得意，也有小小的失意；有愁眉不展，也有喜笑颜开；有左右逢源的顺境，也有好事多磨的逆境。日子依然过得风生水起，有小日子的快乐，在凌乱的生活里找寻属于自己的一份安然宁静。

　　想想自己的生活，就是琐碎的一地鸡毛。记得刚去外地上学时，除了图书馆，我还找到了一个可以让自己安静的地方，那就是从教学楼通往校门口的一条长长的林荫道，林荫道一边是茶园，另一边是桑园和桃园。林荫道两旁是高大的水杉，树下栽着一些金盏菊和虞美人。秋雨之后，那些黄、橙和艳红的花开得凌乱娇艳，像我彼时的心事，如一只折翼的鸟，将飞翔的欲望藏在心里，虽然也向往蓝天，但却有着浅浅的孤独和落寞。一排排的葱兰和韭兰，开着白色或粉红的小花，含着一点儿粉黄的花蕊，娇羞得可爱。它们沿着路边整齐列队的样子逗乐了我，毕竟少年的心事只是浅浅的强说愁。

这些关于学校的记忆深深地印在我的脑海深处，有时候和同学相聚或是聊天，我会不自觉地想起，也会在心里浅笑，哪怕是谈着与这并不相干的话题。我有时也会想起，彼时的清晨或是傍晚，在人声喧阗的校园林荫道上，曾经有一个少年的身影，在那个秋天，是那样的单薄，那样的彷徨。想起来时，不禁莞尔。

如今我喜欢将自己的办公桌和书房收拾得干净整齐，抽屉里的东西有序地摆放好，找一份资料，寻一个物品都很容易，这是一种习惯，有强迫症的嫌疑，但方便了自己。在办公桌的抽屉或是我的书橱里，我要特意留一个抽屉或是柜子的一个角落，放平时不会用到的小东西。这些没用的小东西很多很杂，很多人可能并不会留意，会随手一扔，或留了一段时间就再也找不到了。而我，将之视为珍宝。这些小东西有女儿上幼儿园时在我办公室留下的涂鸦之作，有很多年前同学在我的生日时寄来的一张贺卡，还有更早时候留下的一张电话磁卡……女儿的画里用线浅浅地描着幸福的一家，像极了我们：头发稀疏戴着眼镜的我，头发微卷穿着长裙的妻子，梳两个小辫蹦蹦跳跳的女儿，我们脚下点缀着红花绿草，头顶着蓝天白云，都在开心地傻笑。那是女儿眼中的世界，心里的家。

这些小小的东西一直被我收藏着，在一个安静的角落里，静静地等着我，像自己踏实的内心，等着我去触碰，去抚摸。那些能勾起我内心最柔软的情感的东西，也许只是一张褪色的景区门票，一次独自远行时留下的窄窄的绿皮火车票，朋友送的几页彩色宣纸信笺，一枚压制经年的暗红枫叶，一块常用手摩挲的圆溜光滑的小石子……这些，我都细心地珍藏，像珍藏自己的一段隐秘心事。

　　我收藏生活的琐碎，其实是为自己在内心深处留一处安静的角落，在我们庸常的生活之外，任其以凌乱随意的状态默守一隅，悄悄地存放另一个曾经真实的自己。不伪装，不矫饰，累了的时候，独自去一点点地捡拾整理，细细地去咀嚼回味那些收藏已久的琐碎时光，陶醉着，幸福着，就好。

等待花开，是种心态

◎余显斌

累了吧？心情郁闷了吧？走，到院子里走走，找一个地方，静静地坐着，等待花开。

等待花开，是一种心态。

此时的心很静，静得如月夜的空谷。

此时的心很暖，暖得如除夕夜大红灯笼发出的淡淡的光。

想想，这些花儿多不容易啊，经过一个漫长冬季的积攒，攒足了劲儿，现在，它们钻破树皮，悄悄地鼓出骨朵儿，等待着那一刻，悄然地开放。这，是一种生命的美，是一种生命的歌唱，既然这样，就需要欣赏。因此，此时，坐在那儿，静静地等着花开，是一种对生命的尊敬，是一种发自内心的仁爱。

过于疲累时，过于忙碌时，抽出一点点时间，一个人，慢慢地走到亭子里，不要说话，甚至不要大口呼吸，就那样靠着栏杆，静静地坐着，等着花开。花开是有声音的，很轻很轻，得有一颗轻盈的心才能听到。甚至，你能想象到她们鼓劲儿的样子，你能听到她们的呼吸，能想象到她们一点点开放的样子，带着无限的欣喜，带着说不尽的惊奇，面对着这个世界悄然开放。

当然，你也可以沿着那条弯曲的石子路，慢慢地走进后院，在石桌前坐下，用一只手撑着下颌，对着一片青嫩的草。草丛中，已经隐隐现出了花的骨朵儿，很小，如雕刻的小小玉件，干净，光滑，甚至在春光中，泛出毛茸茸的光。

等待花开，等待着春天的微笑。

等待花开，等待着时光波动。

树上，鸟鸣已经清圆了，已经润泽了，不再如冬季的那样干苍，点点如雨珠一样零落。柳丝已经拉长了，扯嫩了，如女子及腰的长发。

一切都在等待着，等待花开。

等待花开的心，是清亮的，清亮如草尖悬着的露珠，容不得一点儿的肮脏，一点儿的污浊。一个等待花开的人，走在石子路上，脚步是轻的，仿佛怕重一点儿，会惊着了花朵的盛开。遇见纸屑，他会轻轻捡起；遇见垃圾，他会无声地收拾掉。他不想让花儿盛开在一片肮脏里、一片灰尘里、一片乌烟瘴气里。

那，会污染了花儿，也会污染了自己一颗等待花开的心。

等待花开的心，是温润的，温润如一粒碧绿的玉珠。拥有这颗心的人，见人的时候，脸上带着淡淡的笑，说话的时候，言辞总是温和的。他的一举手一投足，都泛着一种淡淡的书卷气，有一种文化的气韵，一种被诗词沁透的韵味。因为，他知道，花儿的心是洁净的，是新奇的，他不想让花儿开放的时候，面对的是一个扰攘的世界、一个充满戾气的世界。

当然，这样的心，也是细腻的，他懂得理解别人，懂得让着别人，懂得用微笑去美好世界，懂得用善良去化解仇恨，用友谊和矛盾讲和。因为，他不想让这个世界充满着争斗，充满了怨恨。他想让花儿开放的时候，见到的是一片和谐，一片阳光。

等待花开的心饱满，富有弹性，知道疼痛，知道感激。

等待花开的心水灵，充满着爱。

有一句歌词说，江南是青花瓷的。其实，等待花开的心，更是青花瓷的，能辉映出一片水光，能映衬出一片春光，也能泛出一种春暖花开的润泽之光。

因此，当我们的心结茧了，到假山边的池塘处站站；当我们为红尘所困的时候，到竹林里转转；当我们与他人有了隔阂，到草坪边坐坐；当我们脾气发作、语言粗暴时，到小路上走走……总之，到每一处有花儿的地方走走或者坐坐吧，等待花开。此时，心，在一种温馨洁净的等待中，也会慢慢地变得干净起来，变得莹润如玉。

等待花开，就如我此刻，一篇文章写罢，心，突然地空起来，也净下来。泡一杯茶，坐在桌前，静静地等着花开。我能看到花儿盛开的样子，是小小的花骨朵儿吧，在春风的抚摸下，在细雨的润泽下，慢慢地，一片片花瓣慢慢绽开，舒展着，缓慢而又自然。最后，当所有的花瓣都舒展开的时候，露出花蕊来，它金黄、水嫩、粉绒绒的，散发着淡淡的香气。

这，当然不是自然的花儿。

这，是心花。

有一个词，叫"心花怒放"，说的就是这吧。心花咋会怒放呢？它是舒缓地开放，当它盛开的时候，世界一片美好，那种美好，让人流泪。

等待花开，有时不是花在开，而是心灵在缓慢地舒展。

小 欢 喜

◎章中林

　　匆匆上了一辆公交车。才坐下，忽然觉得有双眼睛在偷偷看我。抬头一找，是个婴儿。他趴在母亲怀里，眼睛正好奇地打量着我，偷偷地。看着看着，他突然把手指放进嘴，"呵呵呵"笑起来。是我身上有什么可笑的地方吗？找一找，没有啊，心下释然。

　　"望着你笑，就一定有问题吗？或许是你可爱呢？"忽然想起赵柏丽的话。那天，赵柏丽邀我到她家做客，送了个礼物给我。我迫不及待想打开，却被拦住。她说要我猜盒里装的是啥。手机？不是！领带？不是！手表？也不是！……看着我把手放在盒上，抓耳挠腮说着许多可能，她笑得前仰后合，说我"可爱"。等打开礼盒，里面是张旧照片。它尽管有些褪色，但是上面四个人还是清晰的。这四个年轻人是谁啊？我们兄弟四个啊！心里一阵激动，三十年前的老照片，你还留着！

　　那晚吃的什么饭，我已没一点儿印象，但与那张照片的再次相逢却印在了我心底。它乍一出现，那惊喜自不言而喻，以前相处的美好，曾经做过的傻事都跳到眼前。尽管隔着岁月风尘，但有了它，那过去了的岁月就又被打捞起来，那么灵动而鲜活。

孩子的世界单纯素白，我怎能用成人眼光看待？我的心变得柔软起来，抓着他的小手，对他不停做鬼脸。孩子被逗，笑得更欢，连眼睛都眯成了缝，还蹦呀蹦的。终于，他母亲发现了我们的小秘密，也学我甩着表情包。我们仨一路乘车一路笑。这旅途虽匆匆，但有他陪伴，似连空气都在"咯咯"笑呢！

　　下车，发现路边樱花都开了，一阵小欢喜。站在花下，见粉红花儿，开满了枝枝丫丫。放眼望去，一堆堆，一层层，河流上的浪花一样，在阳光下流动，翻涌，追逐着，让人都有些看不过来。风拂过，一愣神，不对，是一群慵懒可爱的少女在欢舞。你看那眉眼、那裙裾、那水袖，我似乎看到她们一边轻歌曼舞，一边窃窃私语。这样的美好世界，你看，就连那耄耋老者都眉开眼笑着，忙着在树下留影呢！闭上眼，深呼吸，那浅淡甜梦般的，宛若无数笑脸在心底绽开，你听，还有笑声呢。嗨，原来是两只蜜蜂在耳边叮咛。

　　进门，母亲说，买了点儿新茶。是吗？欢喜地哼着小曲儿，泡起茶。新茶色淡淡的，味道也淡淡的，但一入口，那清新如风之感还是淹没了我。

　　犹记去冬，母亲从老家折回许多蜡梅，晒在阳台上，那香气，也是淡淡的，却让人迷失。母亲仔细，用心挑、翻、收，一点儿梅花整整耗费了她近一个月时光。但她却说，不慢了，梅花一年才开一次呢。用些心，梅花茶才香。确实，冬日里泡一杯，那冷香就又暖了。抿一口，隐约间，淡香在心间流转，泛滥得我有些不能自持。安暖，真的，妙微不可言。

　　坐在电脑前，回想这一天，两个老人欢喜得像个孩子的模样就又鲜明地浮现眼前。生活，尽管没什么大惊喜，而小欢喜却像天上繁星一样散落一地。

　　学会欣赏吧，那么，你就能享受到生活中不经意的"小欢喜"。

岁月的谜题

◎包利民

　　我不知道，别人在回望自己的青春时，当那些年轻的岁月扑面而来，会是怎样的一种感受？十六岁的青草地，闪亮的河流，如水的目光，风中翻飞的洁白衣裳，飘舞成梦想形状的长发，或者月光下的吉他，细雨中的沉默，长夜里的日记，这所有的片段，是否会有一滴落入你遥远的心湖，漾起层层叠叠的思绪？

　　也许你悄悄地告别了一场青涩的情感，蘸着泪和微笑，和着回忆的甜与迷茫的痛，把所有的心绪说给带锁的日记本。然后尘封，花季走进雨季，接下来依然是汹涌而至的年轻日子，数不尽的相遇和分离。于是某一天，你记起了一个古老的谜语，它或者出自哥哥、姐姐的口中，或者出自伙伴们游戏之时。谜语中说，有一样东西，一刀砍断，却没有分开，依然是完整的。终于在许多次的错误之后，猜到了答案。

　　当你记起那个谜语的时候，虽然身畔的世界依然，或者物是人非，可你的心中早已沧海桑田。在尘世的奔波中，或许你早已伤痕累累，或许心上已起了层层的茧，可是你却没有完全麻木，偶尔，生命中还会涌起一种希望，虽然很模糊，却有着清晰的感动。本来你一直觉得，受过的伤即使痊愈，也会留下疤痕，即使再淡，也如一条鸿沟，隔断着许多美好。可是，在心里偶然感动的时刻，在梦想还在涌动的瞬间，你忽然就想到了那个谜语，也忽然就想到了另一个答案。

长长的来路上，在翠微苍苍的那一段，在清澈的时光中彷徨的我们，心中曾有着太多的疑惑，也有着太多的问题找不到答案。我知道，你也曾被某个问题困惑着，折磨着，你费尽心思去想答案，而等待你的，却是更多的问题。仿佛每一页日历，都是一个谜面，而谜底，不知在未来的哪一页上飘摇。

而当有一天，你终于想出了答案，却发现，答案已经可有可无，没有那么重要。甚至，那些问题早已消散在烟尘深处。或者还没来得及欣喜，却看到时过境迁，看到岁月早已更换了问题。那么，你就会觉得丢失了一些东西，却又想不分明，眼前的日子依然纷纷落下，埋葬着许多的过往。你觉得这一生都要在这样的过程中度过了，总是晚上那么一些时候，便再也无缘。

我们都是如此，有时候追赶着某些东西，追着追着，却发现它已经看不到踪影，或者已经面目全非。便总是失落，似乎我们所得到的东西，都是顺路而来，并非自己想要的。

可是有一天，你的心里又重新感动起来，或者是源于一句话，一朵笑容，或者一次回忆，一次感悟。于是心上的茧壳片片剥落如花，心又柔软如初，希望也开始葱茏。于是微笑，不带着风尘，如花季里的那条河流。忽然之间，对于那个古老的谜语，有了一个不同的答案。

一刀砍断，依然完整，可以是一颗充满希望的心啊！

　　这样一想，我们的心里都会充满温柔的感动。仿佛依然是在十六岁的河流旁，依然绿草如茵，依然白衣飘飞，心里的梦正年轻，脚步正充满力量。

腾出空，让生活变得有趣

◎张军霞

　　住在我们一楼的邻居，在小区门口开了一家麻辣烫小店，他们夫妇总是一个在操作间忙碌，一个在外面招呼顾客，稍微有点儿空闲，又要赶快准备第二天要用的东西，每天很晚才关门，第二天又早早开始做生意。在我看来，他们的日子过得单调而枯燥，没有什么乐趣。

　　有一个下雨天，我回家时，恰巧麻辣烫小店的女主人也回来了，她说天气不好，没什么生意，邀请我到她家里去坐坐。原本以为，他们那么忙，家里也会像小店里一样乱糟糟的，没想到屋里收拾得窗明几净。尤其令人惊讶的是，他们竟然还在客厅和厨房之间，专门装修了一个小小的吧台。她笑着跟我说："每天不管多晚收工，我和老公都喜欢在这里小坐一会儿，喝一杯小酒，舒展一下筋骨，一起聊聊天，感觉这才是一天里最有趣的时候。"我不由暗自钦佩，他们每天活动的空间只限于不到40平方米的小店，做的也是简单重复的工作，却因为坚持腾出空，在这小小的吧台休憩一会儿，生活就多出了不一样的趣味。

　　我认识一位医生，特别擅长给孩子治病，许多人慕名而来，诊所里永远都有人排队。但是熟悉他的人都知道，每天傍晚6

点，他会准时关门，不再接诊新的病号。对此，常有人表示不满："医生不就是看病救人的吗？不应该这么早就关门！"他却照常收工，有时骑上最爱的山地车，去北环兜风，有时去学校接上上辅导班的孩子，也有时买菜回家，或陪妻子一起散步，脱下白大褂的他，生活变得和普通人没有什么不同。

有一次，我因为感冒去找他拿药时，差几分钟就要到6点了，我忍不住感叹着："今天太忙了，我抽不出时间过来，头昏脑涨工作了一天！"他微微一笑说："再忙，也要合理安排时间，你应该上午腾出空来看病，身体舒服了工作才更有效率。就拿我来说吧，白天接触一天病人，晚上已经非常累了，人的精力有限，勉强继续工作反而是对病人不负责。我也需要腾出空来，做点儿自己喜欢的事情，这样才能更好地为别人服务。"说得真好啊。学会从忙碌中抽身，坚持做点儿有趣的事情，并非浪费时间，而是为了明天更好地出发。

可惜的是，我们身边太多的人，常常都在感叹："太忙了，没空啊！"于是永远来去匆匆，貌似非常充实，其实不过是一种效率不高的瞎忙。腾出空，不是放纵，而是放松。就像作家亦舒曾经说过："有没有空，百分百是人为的，天下没有匀不出的时间，只有不想出席的约会。"生存不易，我们大多数人必须要为活着努力，但也要腾出空，去旅游、去看电影、去陪父母、去健身……不让日子被限制在狭小的空间里，去做想做的事情，见想见的人，生活才是一件有趣的事情。

庆幸有泪滑过脸庞

◎谢云凤

　　那天翻看微博好友圈，看到久未联系的朋友发了一条动态。夜色如水的夜晚，她一个人去金碧辉煌的大剧院听梁祝音乐会。现场聆听如泣如诉的经典旋律，朋友身临其境，亲眼见证了梁祝化蝶飞的凄美哀怨，不禁潸然泪下，情不能已。

　　看惯了秀恩爱晒幸福的朋友圈，我对铺天盖地的炫耀已经无感了，偶然看到这么一条情真意切的心情动态，不觉心弦被轻轻触动，当即搜索本地音乐会演出场次，不问价格购买了一张日期最近的门票。

　　有多久，我没有肆意流过泪了，不为悲伤，只为感动。天天为生活工作忙碌奔波，朋友圈里只敢分享快乐，烦恼愁绪只能默默承受。我们在成长的过程中渐渐学会了压抑情感，以为这是成熟的代价。殊不知，我们在对人情世故妥协的同时，失去了弥足珍贵的纯真之心。

　　梁遇春的《泪与笑》里面有段话这样写："泪却是肯定人生的表示。因为生活是可留恋的，过去是春天的日子，所以才有伤逝的清泪。若使生活本身就不值得我们的一顾，我们哪里会有惋惜的情怀呢？"

看到这段话，我犹如醍醐灌顶。是啊，在经历了沧桑人世的悲喜交集后，仍然能保持一颗赤子之心，有所喜乐，有所哀伤，不吝啬泪水，说明我们尚未老去，依旧能笑对红尘，而眼泪就是我们肯定人生的一种积极的体现，不是吗？

最爱流泪的人，是孩子和女人，因为他们有着最为感性和敏感的心灵。

孩子的哭泣，来得最为自然妥帖，没有任何矫情造作的成分。不开心了，用泪水表达不满；生病难受，用哭泣宣泄痛苦。

女人是水做的，爱哭就更是天性使然了。《红楼梦》里多愁善感的林黛玉，病了不适会流泪，伤春悲秋会流泪，为情所困会啜泣不已，高兴了会喜极而泣，所有的情绪都融进了泪水里，流露了她天然本色的真性情。这样的女子，是叫人珍惜又怜爱的。

我也是一个爱哭的女子。左眼下面曾有一颗黑痣，家人说这叫"等泪痣"，不吉利，便怂恿我去点掉。我则是出于爱美的考虑，鼓起勇气去医院点掉了那颗痣。但依然，遇事爱哭，想必天性是与生俱来的，所谓本性难移，改不了了，想哭就哭吧。

正如梁遇春所说："这些热泪只有青年才会有，它是同青春的幻梦同时消灭的。"因为有梦，才有泪，青春年华才是饱满充实的，才不会因碌碌无为而悔恨遗憾。

倘若有一天，我们到了苏轼所说的"存亡惯见浑无泪"的状态，怕是已历经千帆，看淡世事，麻木无情，没有什么能打动心扉了，那时候坟墓的影已染着我们的残年。

席慕蓉的暖心文字，有一段深得我心："挫折会来，也会过去；热泪会流下，也会收起。没有什么可让我气馁的，因为我有长长的一生。而你，你一定会来。"浪漫温情的诗人也是哭着走过青春的，有泪点缀的人生才是生动的，令人刻骨铭心追忆不舍的。

　　我热切期待着梁祝音乐会，到那时，我一定会卸下心灵的负荷，坐在空旷庄严的音乐厅中，悠然陶醉地凝神静听，默默地流下感同身受的泪水，享受这段经典旋律带给我的心灵洗礼，重新唤醒信仰和对真善美的追求。

生命的底色

◎周铁钧

　　雪地冰天的南极，给科考人员造成严重威胁的不是气候恶劣、饮食短缺，而是太阳天天持续照射的"极昼"。长时间没有黑暗，人的生物钟彻底紊乱，纵有时间提示，到了12点，却不知是午夜还是正晌午。反常的光照让人精疲力竭、焦虑烦躁，甚至神经错乱出现幻觉，疯狂。为躲避极昼，科考站加厚窗帘遮挡阳光，野外考察携带专用的避光帐篷，极地专家称黑暗是"生命底色"。

　　许多植物、动物的生存也需要"生命底色"，北极圈岩砾滩上，有一种称石藻的丝状植物，在阳光最充足的8、9月份才舒展纤丝生长，10月以后就钻进黑暗的石缝中休眠，抵御严寒。中原地区的田鼠，每到夏秋便无闲时，在阳光下忙忙碌碌寻找食物，储备到洞穴。冬春天寒，它们就不再出巢，在无光的洞中美美地享受储粮，过着不愁吃喝的日子。如总暴露在阳光下，石藻就会萎缩、干枯，田鼠就会变得焦躁不安，不停地跑动、跳跃，最终死亡。

　　钱锺书曾说："日有落升、山有起伏、流有涌稳，人生也须有疾缓娱闲，明暗轮回。"对于奔波世事的常人来说，无须逃避

"极昼"，置身黑暗，但需要在纷繁忙碌中留出散淡时光，留给闲适安逸，为生命渲染出一种舒心顺畅、丰泽滋润的底色。

著名学者林语堂，曾在大学任教，身兼多种社会职务，并创作《京华烟云》《啼笑皆非》等作品，可谓有忙不完的事务。但他给自己规定：每天必须有两个小时休闲时间，一天没做到，第二天一定要补上。为此，他拒绝出席没有实质意义的学术会议、报告演说，推掉可以扬名的记者采访、辅导讲座等，宁可顶着"架子大""不近人情"等流言非议，也要留出时间读书、散步、听音乐。后来他定居台湾，开始热衷旅游、登山，足迹踏遍宝岛的山山水水，他用轻松留闲垫铺生命底色，换来强健体魄，年逾古稀爬坡越岭仍身轻步稳。

林语堂的同学、挚友陈志端，1928年创办厦门海天渔业公司，繁务琐事都要事必躬亲，整天忙得不可开交。虽不到四十岁就拥资数十亿，走到哪里都能引来羡慕、敬佩的目光，但他却承受着常人难以想象的繁忙、辛劳，有时几乎没有吃饭、睡觉时间……林语堂多次告诫他，每天腾出一点儿时间去散步健身、休闲养生，都被他以"忙"为由推托。结果陈志端四十六岁时，因劳累过度突发脑出血，半身瘫痪，神志不清，生命底色变成一片空白。

1975年，八十岁高龄的林语堂被选为国际笔会副会长，台湾一家报纸发表了一篇怀旧文章《林语堂与陈志端的同学情缘》，其中有评介这两位挚友的诗句："纷繁抽闲步八方，年逾古稀越平岗。缠身琐务如缢命，岁尚不惑卧膏肓。"

人来世间就注定要离去，来与去是一段时光过程，虽无法掌控流速，却可以调节生活节奏，在纷繁中辟出一段恬适，裁截出随心所欲的一点儿闲暇，或躺在青青草地，仰望蓝天，沐浴阳光；或清茶一盏，默阅闲章，静心清梦。舍弃暂时的忙碌，得到的是生命底色的长远亮丽。

梅丽姑妈的蛋糕

◎李晓燕

最近几天，梅丽姑妈的行为让十岁的女孩托宁感到很奇怪。每天放学，托宁刚走进家门，梅丽姑妈便笑盈盈地端着蛋糕走出来，招呼她："托宁，快来吃蛋糕啊，这是专门为你烤的！"

可是，看上去令人垂涎的蛋糕，却总让托宁失望。因为，那蛋糕不是没有加糖，就是没放奶油，或者切好的水果放在厨房里，而不是蛋糕上。每次吃着略带缺憾的蛋糕，托宁总是禁不住向姑妈抱怨，可是，每次姑妈只是很无奈地冲她耸耸肩膀，摊一摊手，就转身进厨房忙碌去了。

有一次，托宁终于没忍住，因为梅丽姑妈居然把一块儿生蛋糕放在她的面前，请她品尝。看着眼前的生蛋糕，联想着连日来的种种情况，托宁禁不住火冒三丈："姑妈，您这是怎么回事？您每天准备的蛋糕不是没有放糖，就是缺少奶油，今天又把生蛋糕摆在这里，这让我怎么吃得下去呢？"

面对托宁的质问，梅丽姑妈没有着急，反而微笑着反问托宁："对于蛋糕来说，奶很重要吗？""当然！"托宁不假思索。"糖和加热的过程也同样重要吗？"姑妈又问。"是的，没有糖，不加热，就没有美味的蛋糕了！"托宁回答。"可是，孩子，这几个月来，你每天回到家里都要抱怨，在舞蹈剧里，只有你这个主演是最重要的，那些配角就是在那里添乱，我耐心劝说，也没有改变你的想法，你现在想想，这样认为对吗？"

姑妈这一问，托宁这才想起，学校里成立了舞蹈队，老师让美丽而又有舞蹈天赋的托宁担任主演，而她却嫌弃那些舞蹈队里的配角，常跟姑妈念叨，那些配角根本就是可有可无。

如今，托宁听了姑妈的话羞愧极了，是的，没有糖和奶，不加热，即使有再好的面粉和鸡蛋，也不会有美味的蛋糕，舞蹈队里，没有那些配角，只有主角，也演不出一部出色的舞蹈剧。

梅丽姑妈的那些蛋糕一直留在她的脑海里，它们时常告诫她，在一个团队里，任何一个成员都很重要，大家需要彼此合作，才能获得更完美的成功。

顺其自然是最大的处变智慧

◎黄淑芬

    雷纳尔一家三口住在菲律宾马尼拉市。前两天，一场热带风暴袭击了整个马尼拉市。雷纳尔家地处低洼之地，看着天上的雨水倾盆一样往家里涌进，雷纳尔和妻子赶忙拿起脸盆奋力往外舀水，家里刚装修完，可不能让这一场雨给毁了新房子。

    可是，任凭雷纳尔和妻子拼了命地舀水，水还是从四面八方涌进了房屋。一瞬间，客厅里的水就漫过了腰部。看着越涌越多的水，雷纳尔喘着气，挥手无力地对妻子说："停下来吧，我们正在做无用的事情。"

    水有浮力，家里的塑料制品被齐腰深的水晃来又荡去，像小船一样。天上的雨，还在不停歇地下着，一时三刻想让家里的水消退，那是不可能的事。雷纳尔顺手抓起一只飘过身边的塑料拖鞋，想放到客厅的柜子顶上，可一个趔趄，他扑进水中。

    在水中滚了两滚，雷纳尔忽然感觉像在游泳池里游泳一样。他从水中站起来，索性把外衣脱去，打起赤膊在宽敞的客厅里游了一个来回。站在门边的妻子对他说："雷纳尔，你疯了，这是家里，可不是游泳池。"雷纳尔斜躺在沙发上对妻子说："水很温暖，进来吧，这是老天爷为我们准备好了的。"雷纳尔的妻子以为他童心未泯，不再理会雷纳尔，她低头继续往外舀水。可是，一个人的力量终究有限，雷纳尔的妻子直起身，把脸盆一丢，气喘吁吁地说："累死了，雷纳尔，果然让你说对了。看来水是舀不完了。"雷纳尔笑着对妻子说："既然是无用，就不要浪费时间去做了，我们不如顺其自然吧！"

我想起古代的一个故事，东汉时期有一个叫孟敏的年轻人，他每天挑着担子走街串巷以卖甑为生。一天，他走在路上，又累又饿一不小心碰到一块石头，肩上的担子马上滑落肩膀。一担甑当场摔得稀巴烂。孟敏怔了怔，但是他马上头也不回地往前走，像什么事都没有发生一样。路边的一个人看见了对他说："甑破了，你为什么一点儿都不可惜？"孟敏回答说："既然都已经破了，怎么挽救也救不回来了，我可惜又有什么用呢？"

如果已然发生不幸而又无法挽回，与其捶胸顿足，呼天抢地，不如调整心态，顺其自然，乐观地去面对。其实，顺其自然是最大的处变智慧。

唤自己醒来

◎ 梁新英

　　年前买了白菜，竖着对切，做菜用了半棵，余下的置于阳台。被打入"冷宫"的它居然从切开的截面长出几茎绿绿的枝叶，米粒一样小的黄花快活地眨着眼睛。

　　我们忽略白菜的存在，它却在寒颤颤的空气里努力寻找阳光，展颜欢笑。不因环境恶劣丧失生发的勇气，突破重重阻窒，在不宜成长的地方长出绿意，灿然绽放，焕发出青春光彩。

　　无独有偶。杜鹃的花盆里竟然长出一株豆苗，几片叶子毛茸茸的。它自顾苗壮起来，蓝色的小花清秀雅致，一副不食人间烟火的模样。豆荚细细的，青色中透着生命的欢喜。

　　一颗流浪的种子强烈渴望破土而出，落地生根，在杜鹃花的领地安营扎寨。在落霞般灿烂的花下，豆苗不自卑、不抵触、不抱怨，你开你的花，我结我的豆，用行动告诉世界：我是一颗豆，就要开花结豆。

　　阳台低温干冷，更无肥沃土壤，杜鹃枝叶下难见天日，林林总总的刁难，白菜和豆苗却在时间的荒原里开花结果。走近它们，忽然感到冬天里春暖花开的喜悦。

　　细小的白菜花，萌萌的豆苗，是冬日最美丽的意外。不论别人是否关注，是否器重，即使全世界都忘记了你的存在，你一定不要忘了自己，只要唤自己醒来，哪怕在阴暗的角落也会绽放独一无二的美。不忘初心，潜沉，隐忍，终有一日会以最美的姿态呈现。

在微信上看到一段视频，剪刀在红纸上飞舞，一条活灵活现的龙腾云驾雾而来。赵日霞老师剪纸手法娴熟，惊到了在场观众，也惊到了场外的我。台上几分钟的表演是她四十几年坚持的结果，以最初的心走最远的距离。

赵老师的母亲是剪纸能手，每逢年节都和村里的婶子、大娘坐在炕头剪纸。赵老师耳濡目染，六七岁就学会了剪纸。

陶渊明笔下的农村生活荷锄采菊，悠然恬淡得让人艳羡，但现实远非那样诗意，只有真正的农民才能体会劳作的辛苦与单调。剪纸是一种救赎，挥动剪刀，云在流，水欢笑，圆润饱满的形象让乏味的日子变得生动鲜活。在农村的广阔天地，大自然丰盈了赵老师的灵感。

初心落在时间里，化作呼之欲出的花木、动物，它们充满灵性，在讲故事。起初纯粹因为爱好，后来剪纸成为赵老师的事业。开剪纸艺术坊，办剪纸培训班，她成为剪纸艺术的一个传承人。

朱光潜说："经历过不美的岁月，置一个聆听的位置，听内心的声音，让自己醒来。"唤自己醒来，赵老师乘初心的诺亚方舟穿越时间之海，迎来自己的嘉年华。在生命的狂澜里领受一份兴高采烈和心满意足，如一朵莲亭亭出水，盈盈半开。

在时间的熔炉里，不为毁灭与空虚嗟叹，不苛求生命永恒，将所有的美好或丑恶熬制成时光胶囊，在命运里拓荒。不负光阴，迎风起飞，终将有所犒赏。

初心醒着，自会沙尽金出，惊艳世界；初心醒着，在不美的生活中拥抱诗意，自会抵达远方，遇见那个最好的自己。

动人的天真

◎麦淇琳

秋日黄昏，走在校园的小山坡，两旁野草生长旺盛，棒头草、看麦娘、酢浆草手拉着手，和睦相亲，随遇而安。经过嘉庚楼，楼前的鸡蛋花开得明晃晃的，五片鹅黄的花瓣轮叠而生，像极了孩子们手折的纸风车，又散发着浓郁的花香。

近前一看，发现鸡蛋花低矮的树干上开了一小株婆婆纳，原来在树枝分权处，有一个小洞，婆婆纳就寄生在那儿，浅蓝的花朵独自向着天空盛开。忽然想起李商隐的诗句"高阁客竟去，小园花乱飞"，再看看枝干上的婆婆纳，在这种地方寄生，努力地活下去，心底顿然觉得住进一脉广阔光明，复得天真。

我寻思着，一株婆婆纳怎么在鸡蛋树上开了花？或是小鸟衔来的种子，落到树干上，以为终将坠落，却凭借一缕风，挣扎着飘到小洞里落脚。无论生长的过程如何艰辛，它总为之欢喜，在黑暗的地方，孤独地撑起为希望而活的心跳。

它的坚韧，它的不易，它的与众不同，恰恰就是动人的天真。这个黄昏，我邂逅一株婆婆纳，便有一团暖意在心间弥散。

一日，在新闻视频里看到，一位外卖小哥给客人送货途中，与一位骑着摩托车的老人相撞，啤酒瓶碎了大半，地上一片狼藉。

在浮躁喧嚣、尘土飞扬中，人们为生计而奔忙，渐渐变得浮躁、不安、神经质。老人以为外卖小哥会抱怨心中不满，想不到对方却如孩童一般，索性与老人一起蹲在地上，喝剩下的啤酒。

视频里，外卖小哥回应："既然已经发生了，不如停下赶路的脚步，喝上一杯又何妨？"记起有人说过，天才是能时时恢复童心的人，是不忧虑未来，能忘记不愉快，对生活充满极大热忱、淡定从容的人。

作家三毛曾说过："我唯一锲而不舍的是，愿以自己的生命去努力，保守我个人的心怀意念，在我有生之日做一个真诚的人，不放弃对生活的热爱和执着，在有限的时空里，过无限广大的日子。"

小区门口有个卖板栗的少年，少年皮肤黝黑，人很随和，爱笑。

这天，我经过少年的板栗摊，一个十岁左右的小女孩要了一包板栗，女孩掏出身上仅有的两元钱给少年，少年乐呵呵地接过，递板栗。

小女孩离开后，我问少年："那包板栗不止两元吧？"少年笑笑："女孩买板栗为了哄生病的姐姐，我吃点儿亏不要紧。"

我知道少年家里也过得十分拮据，他的父亲因脑损伤瘫痪，常年卧病在床，母亲在工厂打工，他自己摆摊卖板栗，还常常做亏本生意。

少年淡淡地说："我有一个经验，人要为别人考虑，才会有快乐。为自己活，只会越来越孤独。"我点头，一个人经历了生活的百般风雨，依然能"一片冰心在玉壶"，这是多么动人的天真。

我们置身喧嚣人海，在处世纷争中，需要沉淀自己，保持天真的心境。雨后黄昏，坐在窗前，阅一本书，品一壶香。待岁月流转，年岁也长，让风轻轻吹，雨缓缓归，人微微笑，心思单纯地付出所有善意，努力活成一个在黑暗中大雪纷飞时依旧温暖如春的人，何尝不是生命中的另一种美丽？

繁复至简归于心

◎侯利明

　　朋友开了家珠宝轻奢定制工作室，相较于专柜称得上价廉物美，因此招徕了一大批忠粉，从早到晚都忙得不可开交。看到她每天发在朋友圈的珠宝图片，晶莹剔透，美到不可方物，客户们都会急不可耐地催促。她不断解释，工期她会尽量往前赶，但为了保证最佳品质，真的没有办法快，毕竟不是捏橡皮泥。为此，她将一件珠宝首饰的制作工艺流程，一一讲解展示给大家：首先，创意草图的设计和选配的宝石是在她的工作室里完成的；接下来的3D蜡模雕刻、金水的熔铸、执模、镶石、抛光以及电镀等一系列烦琐的程序，都要经过专业珠宝制作者的精心打造；最后，她这个设计师细致严谨验收之后，才能将别致闪耀的饰品呈现给钟爱它的人。

　　因为珍稀独有的特质，融入了匠者仁心，使这种繁复的美丽显得昂贵隆重，这样的美好有时可望而不可即。有人将一天制成糕点，分为五个时段：黎明的霞光饱满又温柔，被薄云裹着；上午阳光散溢出来，空气里都是甜甜的橙与绿；下午日光从繁茂叶子里漏下，绿得明亮又新鲜；傍晚那带着橙、黄、粉的夕阳，染透了半边天；入夜的一轮新月洒下淡淡丝帛光辉，黑暗甜蜜的羊羹浓缩了夜。一天里的微妙变幻，经过气温、湿度、质量、木炭等所有变量调和，才将每一个细节都耐心裹进食物里。又随着季节和气候的变化，用心捕捉"萍始生""苦菜秀""桃始华"的自然丰泽，将古老的七十二候融入进去，以使食客的唇齿之间跳跃着雨水、惊蛰、小满、夏至、白露、霜降和小雪等二十四节气。

流年暗转，四季更迭就这样被一双手微缩入食，所有繁复都带着山川河流的光影与花草鸟木的灵性。这是日本街头一道平常的美食，名曰和果子，口感细腻，是甜到美轮美奂的茶配，与古老的花道、香道、茶道一样，繁复精纯，简到极致。

仰望高处总恨不能生出翱翔双翅，低头环顾其实美好到处伸手可及。春有百花秋有月，夏有凉风冬有雪，四季繁花似锦，如此声势浩大的繁复之美，是大自然细致描摹，一笔一画绘制出的人间盛景。无须任何代价，只要将心敞开去感受铺天盖地的绚丽，就会拥有璀璨斑斓的珍宝。如果你懂得珍惜，获得的就不是短暂的拥有和表面的浮华，而是镌刻在心底的永恒。

这世间最珍贵繁复的是时间，长不过百年，短则只在须臾，每年每月每日每时每分每秒，细细碎碎，如珠如玉。寻常日子里，将老母鸡、老母鸭、火腿、排骨、干贝等林林总总泡进清水里，再加入葱姜蒜一应作料，煮沸改小火慢熬，将滴滴答答的浑浊光阴，熬炖到清鲜淡雅。最后只放几叶白菜煨香，蕴含所有醇厚精华，珍馐佳肴不可及，悠悠地喝着碗里的汤，听母亲碎碎念，真正是万丈红尘最好的归宿。子女都是血肉里的疼与痛，有一对老夫妇每分每秒都在与死神对峙，为了留住儿子的残躯，老两口数十年如一日，捏着手动的呼吸球，将吃饭、睡觉、上卫生间、处理事务等，都排除在生命之外，意外随时候在身边，停电、机器出现故障，任何一种疏忽若导致缺氧，短短的一分钟就能夺去他们儿子的性命。出了车祸之后，仅头部还有意识的男子，又活了许多年，那黑白难舍的昼夜，浸透了泪水和汗水的爱。

虽说人生不如意十有八九，却都还是感叹苦短。四季的寒暑炎凉，生活的酸咸苦辣，万物的枯败萧索，途经的寒山瘦水，行过的坑洼坎坷，都在繁复至简中回归澄澈宁静。人生终归是喧腾过后的沉寂，追逐过天边的明月，才会郑重对待夜空里的每一颗星，若不能一掷千金去享受马尔代夫的阳光沙滩，不如骑上一辆单车千山万水走遍，看人情风物，山木花草，听风吟蝉鸣。爱恨情仇缠绕万千青丝，最后只留住一袭背影，一声长叹，守一卷佛经，一盏青灯，了却心愿。若遇不见那个为你满城植遍梧桐的王，何不捡起一片秋风中的落叶，珍藏脉络间丝丝缕缕的温情。

所谓的富贵荣华，万千光耀，不过是以百花之蕊、万木之汁，加以麟髓凤乳酿成的"万艳同悲"，终归白茫茫大雪一片，洁净简约。曹雪芹以毕生荣辱诠释的一部传承经典，亦是警醒世人之作，我们读《红楼梦》看的不是鲜衣怒马，一日看尽长安花，而是沿着风云归处，细细品味千朵万朵压枝低，自在娇莺处处啼。

愿你的心像羽毛般轻盈

◎王　纯

记得曾经看过一段文字说，如果一个人是快乐的，心的分量就很轻。一个人有着羽毛般轻盈的心，便可上天堂。相反，如果一个人的心很重，被诸多罪恶和烦恼填满了皱褶，就会下地狱。

我一直记得这个语段，觉得心像羽毛般轻盈真的是太美好了。有段时间，我给朋友写赠言时，就经常写这句："愿你的心像羽毛般轻盈！"在我看来，这是最美好的祝愿。最近我常常听到别人说，愿你被世界温柔以待。可事实上，每个人都不可能总是被世界温柔以待，很多时候，我们会被这个世界的明枪或者暗箭所伤。但如果你的心像羽毛般轻盈，你遭遇的刀枪剑戟便会收敛起锋芒，也不会给你留下任何疤痕。以柔克刚，从来都是巧妙的处世之道，也是种了不起的人生智慧。

愿你的心像羽毛般轻盈，多么诗意美好的境界！羽毛的质感和姿态都是美的，轻盈、柔软、温暖，滑过脸颊时仿佛轻轻的一个吻，让人感到无比惬意。人心如果能像羽毛般轻盈，定会有柔和亲切的温柔感与自由飘飞的畅快感。

古人说："若无闲事挂心头，便是人间好时节。"心像羽毛般轻盈，不为俗世所扰，不为名利所困，不为纷争所乱，人便真的是活出了属于自己的境界。钱锺书说："洗一个澡，看一朵花，吃一顿饭，假使你觉得快活，并非全因为澡洗得干净，花开得好，或者菜合你口味，主要是因为你心上没有挂碍。"心无挂碍，一切都是美好的。相反，心若是有太多挂碍，多美丽的花朵你都会视若无睹，多美味的食物你都会觉得食不甘味。

纷纷扰扰是寻常，心中无事天地宽。谁的生活不是一团乱麻？心胸开朗的人能把一团乱麻化于无形，淡然处之；心胸狭隘的人则会用一团乱麻把自己困住，作茧自缚。

我身边有个人，心眼儿很小，她倒也有自知之明，自称"敏感体质"，一点儿小事就能把她折磨得彻夜失眠。前段时间，她总觉得身边所有的人都在跟她作对，她会因为别人的一个眼神而生一整天闷气，会因为别人的一句话焦虑万分。她把所有的事都放在心上，并且无限放大，每天都心事重重的样子。心中有事，烦恼便总是如影相随，所谓"剪不断，理还乱"。

学会释然，心才会了无牵挂。记得我的祖母有句口头禅："值什么呢？"与邻居发生纠纷，她退让一步，说"值什么呢"；庄稼遭了灾，她说"值什么呢"，然后重整旗鼓，开始新一轮的播种。在祖母看来，只有开心是最值得的，犯不上为一些事让自己不开心。长寿的祖母，心无挂碍，做到了笑口常开。

我们都是平凡人，都有心情郁闷的时候。只要你不纠缠在烦恼里，烦恼就会很快离开。心情沉重的时候，不妨对自己说——心像羽毛般轻盈！然后深呼吸，一遍遍，慢慢把郁结的坏情绪呼出来，直至心真的像羽毛般轻盈。放空一切，给心一片海阔天空，就真的能够做到笑看成败，淡看风云。"大其心，容天下之物。"心胸宽广，便能容得下天下事。得失随缘，淡泊名利，宠辱不惊，即在漫长的时光里，不断修炼身心。

世事多艰，生活难遂人愿，但即使这样，我们也要温柔地对待世界。人生坦荡，清欢是真滋味，应当修得一颗禅心，活出生命的大境界和大情怀。

愿你的心像羽毛般轻盈！

一个人旅行

◎姚文冬

　　我从二十几岁就一个人旅行，尤其是近几年，时间、经济宽裕了些，这更是成为我的一种生活方式。我每年都有一个月的时间在路上，就像早起要跑步、夜晚要读书一样，是常态化的生活，而非偶尔为之的点缀。我想，中国是一部多卷本的书，我要从头到尾读一遍。

　　一念起，便是远方。换上运动鞋，背起双肩包，装几件换洗衣服，带几种药品、一个水杯、一两茶，揣好身份证、银行卡，天地自由驰骋，自己说了算，可以随时决定、更改行程。当然，不投亲，也不靠友，不给别人带来麻烦。

　　为什么要一个人旅行呢？有人担心不安全，有人认为不如跟团划算，有的干脆说，一个人太孤独，有什么意思呢？然而，子非鱼，焉知鱼之乐？

　　一个人旅行，圆了我的江湖梦。每个人都有独步天涯的情结，在影视剧、武侠小说中，我们羡慕古代那些行走江湖的侠客。其实，古人崇尚游历，也确实存在过那样的生活。无论书生还是武士，一件行囊、一把剑，行走在青山绿水间，晓行夜宿，风雨兼程，潇洒、自由，连饥寒、苦累，甚至遇到险情，都令人羡慕。我最羡慕的一幕是：进了客栈，大声喊——店家，热一壶老酒，上两斤牛肉、三张大饼……那是何等畅快淋漓。夜晚，油灯下，看一卷古书，困意上来，将剑放置枕下，睡到鸡鸣。

　　一个人旅行，体会到了梦游般的奇妙感觉。我心里装着好多地方，以前，它们只是一些符号：江南、塞外，大漠、草原，湖泊、山川，古都、老街……这些符号，像小虫子，咬得人心痒，几回回在梦里出现。一个人旅行，果真就像梦游，随心所欲地，使一个个符号，轻易成为具体的物象，让我亲历、观赏、抚摸。原来，梦想一转身就是现实。我少年时就陶醉在"烟花三月下扬州"的诗境中，于是我就去了扬州，游过了扬州，想到此地毗邻江南，江南多古镇，那粉墙黛瓦、小桥流水、古树、青苔，一抬腿就能到啊！于是立刻决定，买票，去周庄。一个人在旅途中，时间、地点随意支配，距离已不成问题，就像我在梦中常常会飞翔，随心所欲。这种无拘无束的游历，真像是做梦一样奇妙。

　　一个人旅行，是滋养内心的最好方式。作家庆山说："时常出发去远地，置身边缘之境，沉淀身心，处于某种幽闭，酝酿自己心意蓄养的状态。"每当我感觉生活开始僵化、心境不佳时，就是我背包远行的时刻到了，只有心里装着远方，才不会计较日常的烦恼。

　　因为处于远地，每天与自己独处，与自己对话，拥抱着平庸生活中被遗忘的自己，心就变得最冷静、清明，刹那间将一切都理出了头绪。路走远了，离真实的自己却近了。貌似游山玩水，实际是在游历内心，探索内心的深度和广度。心有深浅，也有阔狭，要向更深处游去，向广阔处游去。前年去安徽、浙江，我在优美如画的环境里学会了淡定从容，在拥挤奔忙的人流中，不疾不徐，居然在检票即将结束时，才不慌不忙地赶到高铁站。去年在西北，我发掘出了自身的豪爽，那天在青海，接到外甥女电话，问我哪天回去，我知道她是惦记我允诺的那部新手机，小孩子心急，充满渴望。我立刻决定，不等回家再办了，马上电话联系手机店的朋友提货，网银转账，然后让外甥女去店里取手机。这一系列的事，发生在我往日月山山顶攀爬的过程中，等我从山上下来，外甥女来电话说，新手机拿到了，她还特别称赞道，舅舅，你真爽快。

天地辽阔，心才会宽广。人心是随着环境的广阔而敞开的，长期处于促狭的环境中，会生出许多细小的琐碎，瞻前顾后，患得患失。这是我在旅途中做得最利索的一件事。既然结果都一样，何必在过程中反复纠结等待呢？

一个人旅行，是一件优雅的事。"即便是远行，也要端坐、喝茶，美丰仪。"有人会觉得，一个人旅行，风尘仆仆，一定会狼狈不堪，仪表不端吧？尤其是进入陌生环境，孤独无助，遇事更免不了惊慌失措、顾此失彼……其实不然，既然生活不能手忙脚乱，旅途中的焦虑和慌乱更是没有必要，既然旅行已是一种生活方式，就是生活的一部分，也要具备生活的一切要素，有不可省略的步骤。

在火车上，我一般是读书熬过数小时的车程，即便还有一分钟就到站，我依然端坐，耐心读完书里的最后一句话。以前旅行，我爱买矿泉水，喝完一扔了事，觉得便利，实则是暴露了内心的仓促和不安。后来就自带水杯，像在家一样喝茶。喝茶的姿势本就悠然，茶又使人心静，更防水土不服，能稳定旅途颠簸引起的情绪波动，从容应对旅途诸事。有次到宁波，天下着雨，出了地铁，我没有马上去投宿，因为看到夜色阑珊，陡生兴致，就举伞漫步，来到老外滩，在酒吧街里徜徉。我还进了一家音乐酒吧，要了杯热水，暖了我的凉茶。真是风雨飘摇，我自悠然，身在雨中，心中却无雨。是啊，我是来旅行的，不是来睡觉的。

当然，一个人旅行，最应该具备的，并非时间、金钱，也不是安全，而是要有相应的多门类的知识为铺垫、做引导，不能只是迈得开腿，脑子里还要有一把钥匙，能打开风景名胜、文物古迹上的那把锁。这就像一个懂外语的人，直接看外语原文，总比看别人的翻译要好，光听导游那程式化的讲解是不够的，何况，有几个人能聚精会神地听导游的讲解呢？所以，一个人旅行，使我更加热爱阅读，同时，旅行又成为我阅读的有效补充和读后实践。

平淡就好

◎王仁芝

自古以来，人间万事，经历多少风云变幻，桑田沧海，许多曾经纯美的事物，都落满了尘埃。任凭我们如何擦拭，也不可能回到最初的色彩。纵然是万里青山、百代长河，也会随着时光的流逝而有所转变，留下命定的痕迹。唯有那剪清月，圆了又缺，缺了又圆，一如既往，不为谁而更改半点容颜。

也许一生真的不长，但是亦可不必仓促地要把生活的滋味尝遍。不如在缤纷的红尘里，留一份从容，把颜色还给岁月，把纯粹交给自己。

人生，就是这样删繁就简，弃假留真，舍恨存爱。如果可以交换，那么让醉者醒来，让醒者醉去。或许这样，就可以彼此相融，像一坛封存的窖酿，兑了半杯花露，浅尝一口，浓淡相宜，素净清芬。

从此，做一个慈悲的人、平淡的人。在黑暗中，你做他光明的拐杖；在风雪中，你做他温暖的炉火。寂寞时，你给他花朵一样的微笑；孤单时，你给他大海一般的襟怀。那么，让我们都做一张丝薄的纸吧，在水墨中清浅、缓缓洇开的，是尘世中最简单的幸福。

没有禅意的开始，亦无须禅深的结局。

可我知道，每个人都愿意去一次南山，折一束霜菊，住一夜柴门，之后回到烟火世俗，看尽春花秋月，经历生老病死……

我们都是红尘过客，背上的行囊，装满了世味，沉重得压弯了腰。这一路仓促地拎起，到离开的那一天，却不知道该如何放下。

我们总是给自己找出许多理由和借口，将所有的悲哀，怪罪给时光。用薄弱的谎言，搪塞真实的幸福。告诉别人，我们的爱，我们的恨，我们的开始和结束，都是身不由己。

只有觉悟，才可以给那些无处安放的日子找到归宿；只有觉悟，才能够给不堪一击的生活找到依靠；只有觉悟，才可以给浪迹江海的船只找到港湾；只有觉悟，才能够给空灵缥缈的灵魂找到主人。

简单的拾得，禅意的诗句，平凡的你我，也许不需要去深刻明白太多，只要读到一丝安宁，几许平淡，就好。

河湾里的鱼最危险

◎何小军

　　朋友邀约去河里钓鱼，我从没在河里钓过鱼，以前钓鱼只去过专门供人钓鱼的鱼塘。河里钓鱼该怎么钓？光是选钓点也不太清楚。

　　开始我以为，河里钓鱼应该去河的中间，那里才能钓到大鱼。且想，划条小船，泊在河心，端坐船上，任凭河水东去，我自放长线钓大鱼。那风度，那气派，该是河中一景，想想都觉得过瘾。

　　可是，事实远不是我想象的那样，朋友并没有让我上船，而是开着车，七拐八拐把我带到了一个河湾。对我说："今天就在这里钓鱼了。"

　　听他这么一说，心里不免遗憾。眼见得大河奔流，自己却只能在岸上望河兴叹。于是，我问："为什么选择这样的地方钓鱼？何不去河中间？"

　　朋友不答，让我观察周边环境。

　　我抬头看看天空，轻云闲散，冬阳如火。远望河水，波光粼粼，浩浩荡荡。河岸上，残柳轻扬。河湾里，微波轻泛。这样的环境，坐在这里晒晒太阳，养养心倒是很合适的。

这时朋友说："人觉得舒服的地方，鱼也是喜欢的。"

我并不相信朋友的话，鱼的想法怎么会与人一样？鱼爱水，应该喜欢在活水危浪之中畅游才对，怎会躲在这样安静得如死水一样的河湾里？

"试试吧。"朋友说。于是，岸边的柳树下，斜斜地插上了一排钓竿，鱼线抛向了水里，人坐在矮凳上，盯着那远处的红色鱼标，耳朵听着绑在钓竿顶端的铃铛的响声。

河中钓鱼虽不如池塘里那般简单，却也不至于空手而归。瞧，不久，铃声便此起彼伏，钓友们陆续上鱼了。他们七手八脚，拉杆的、操鱼的，搅乱了一岸的阳光。

此时的我，不知该以什么样的心情去对待，既有上鱼的兴奋，又有恨鱼的太不自爱。

"我说得没错吧，这河湾里才是最好钓鱼的地方。"朋友说，"这鱼啊，是喜欢搏击水流，可它也会累啊，再加上这暖暖的阳光，有些鱼便想休息了，躲到这风平浪静的河湾里来，晒晒太阳，这地方，水更暖和啊，比河中间舒服得太多。"

朋友是个老钓手，似乎很通鱼性。此时，我也佩服他的远见。他知道有偷懒的鱼，他了解鱼偷懒的地方，那些鱼便成了他的盘中餐，从此，再也回不到它们日夜厮守赖以生存的水里。

那鱼知道这河湾是块舒适水域，但是否也知道，这块舒适水域同时也是它的死亡之地？

鱼且如此，那人呢？是不是也如此？人不是也常常喊苦喊累，想找一处舒适地儿放松放松，有的也待在那舒适之地不想离开，乐不思蜀。可能有些人并不知道，时间就是个无情的钓手，它抛下的诱饵正在绞杀你原本生龙活虎的生活。

　　鱼不知，但人应该知道这理儿。

人际关系好那是内心修养好

◎黄小平

一

我有一个朋友，人际关系很好，谁都愿意跟他交朋友。我想知道这其中的原因，于是留意起他来。

手机来电显示，主要有三种模式：一是响铃，二是振动，三是静音。我发现，朋友常常是把手机设置成振动状态。我问为什么，朋友说，手机来电的三种显示模式，就振动最好了，既不会因响铃而吵着别人，也不会因静音而错过别人的电话。

一个时刻不忘为他人着想的人，人际关系怎么会不好呢？

二

两个人离得很远时，一方为了让另一方听见，必须大声喊出来。

还有一种情况，也会大声喊出来，那就是两个人在争执的时候。

两个人在争执的时候，离得并不远，有时是面对面、身靠身，为什么还要大声喊出来呢？难道对方听不见吗？

大声喊出来，一定是两个人的距离远了。两个人争执的时候大声喊出来，也一定是因为两个人的距离远了。若他们身体的距离相距很近，那一定是他们心灵的距离相距很远。

当你向你的亲人、朋友大声喊出来时，应该多想想，自己的心是不是离他们远了？

三

一个人谈到他的朋友，说他的朋友过去对他很好，可不知从哪天开始突然对他不好起来，他感到很不解。

其实，每个人都有"好"的一面，也有"不好"的一面，它们平时都藏在心里，不会轻易让人看见。而当你对他"好"时，他的"好"就会被引发出来，返回到你的身上，这叫"爱出者爱返"；但当你对他"不好"时，他的"不好"也会被逼压出来，也返回到你的身上，这算是一种"恶有恶报"吧。

当突然有一天朋友对你不好时，不要全去怪罪朋友，而要多从自身找原因：想一想是不是自己对朋友的"不好"，把朋友的"不好"给逼压出来了？

四

　　我曾见一个孩子把一只鸡逼到墙角。那孩子扮着鬼脸，做着手势吓唬着鸡。而可怜的鸡，退到墙角，退无可退，吓得浑身颤抖。就在这时，鸡突然奋力飞起来，直扑孩子而去。孩子始料未及，不仅脸被鸡抓破，而且身子也被鸡扑打翅膀的冲击力掀翻在地，痛得哇哇哭起来。

　　也许，这就是把一只鸡逼到绝路的教训吧。

　　一只被逼到绝路的鸡况且如此，如果换作是一个人呢？"给别人留有余地"便是人生之大智慧。